m

阅读之前 没有真相

午夜文库

阿加莎·克里斯蒂
赫尔克里·波洛系列

阿加莎·克里斯蒂
Agatha Christie (1890—1976)

无可争议的侦探小说女王,侦探文学史上最伟大的作家之一。

阿加莎·克里斯蒂原名为阿加莎·玛丽·克拉丽莎·米勒,一八九〇年九月十五日生于英国德文郡托基的阿什菲尔德宅邸。她几乎没有接受过正规的教育,但酷爱阅读,尤其痴迷于歇洛克·福尔摩斯的故事。

第一次世界大战期间,阿加莎·克里斯蒂成了一名志愿者。战争结束后,她创作了自己的第一部侦探小说《斯泰尔斯庄园奇案》。几经周折,作品于一九二〇年正式出版,由此开启了克里斯蒂辉煌的创作生涯。一九二六年,《罗杰疑案》由哈珀柯林斯出版公司出版。这部作品一举奠定了阿加莎·克里斯蒂在侦探文学领域不可撼动的地位。之后,她又陆续出版了《东方快车谋杀案》《ABC谋杀案》《尼罗河上的惨案》《无人生还》《阳光下的罪恶》等脍炙人口的作品。时至今日,这些作品依然是世界侦探文学宝库里最宝贵的财富。根据她的小说改编而成的舞台剧《捕鼠器》,已经成为世界上公演场次最多的剧目;而在影视改编方面,《东方快车谋杀案》为英格丽·褒曼斩获奥斯卡大奖,《尼罗河上的惨案》更是成为几代人心目中的经典。

　　阿加莎·克里斯蒂的创作生涯持续了五十余年,总共创作了八十余部侦探小说。她的作品畅销全世界一百多个国家和地区,累计销量已经突破二十亿册。她创造的小胡子侦探波洛和老处女侦探马普尔小姐为读者津津乐道。阿加莎·克里斯蒂是柯南·道尔之后最伟大的侦探小说作家,是侦探文学黄金时代的开创者和集大成者。一九七一年,英国女王授予克里斯蒂爵士称号,以表彰其不朽的贡献。

　　一九七六年一月十二日,阿加莎·克里斯蒂逝世于英国牛津郡沃灵福德家中,被安葬于牛津郡的圣玛丽教堂墓园,享年八十五岁。

阿加莎·克里斯蒂 侦探作品年表

波洛系列

1920　The Mysterious Affair at Styles《斯泰尔斯庄园奇案》
1923　Murder on the Links《高尔夫球场命案》
1924　Poirot Investigates《首相绑架案》
1926　The Murder of Roger Ackroyd《罗杰疑案》
1927　The Big Four《四魔头》
1928　The Mystery of the Blue Train《蓝色列车之谜》
1932　Peril at End House《悬崖山庄奇案》
1933　Lord Edgware Dies《人性记录》
1934　Murder on the Orient Express《东方快车谋杀案》
1935　Three-Act Tragedy《三幕悲剧》
1935　Death in the Clouds《云中命案》
1936　The ABC Murders《ABC 谋杀案》
1936　Murder in Mesopotamia《古墓之谜》
1936　Cards on the Table《底牌》
1937　Dumb Witness《沉默的证人》
1937　Death on the Nile《尼罗河上的惨案》
1937　Murder in the Mews《幽巷谋杀案》
1938　Appointment with Death《死亡约会》
1938　Hercule Poirot's Christmas《波洛圣诞探案记》
1940　Sad Cypress《H 庄园的午餐》
1940　One, Two, Buckle My Shoe《牙医谋杀案》
1941　Evil Under the Sun《阳光下的罪恶》
1943　Five Little Pigs《五只小猪》
1946　The Hollow《空幻之屋》
1947　The Labours of Hercules《赫尔克里·波洛的丰功伟绩》
1948　Taken at the Flood《顺水推舟》
1952　Mrs. McGinty's Dead《清洁女工之死》
1953　After the Funeral《葬礼之后》
1955　Hickory Dickory Dock《山核桃大街谋杀案》
1956　Dead Man's Folly《弄假成真》
1959　Cat Among the Pigeons《鸽群中的猫》
1960　The Adventure of the Christmas Pudding《雪地上的女尸》

阿加莎·克里斯蒂 侦探作品年表

1963　The Clocks《怪钟疑案》
1966　Third Girl《第三个女郎》
1969　Hallowe'en Party《万圣节前夜的谋杀》
1972　Elephants Can Remember《大象的证词》
1974　Poirot's Early Stories《蒙面女人》
1975　Curtain—Poirot's Last Case《帷幕》

马普尔小姐系列

1930　The Murder at the Vicarage《寓所谜案》
1932　The Thirteen Problems《死亡草》
1942　The Body in the Library《藏书室女尸之谜》
1943　The Moving Finger《魔手》
1950　A Murder Is Announced《谋杀启事》
1952　They Do It with Mirrors《借镜杀人》
1953　A Pocket Full of Rye《黑麦奇案》
1957　4.50 from Paddington《命案目睹记》
1962　The Mirror Crack'd from Side to side《破镜谋杀案》
1964　A Caribbean Mystery《加勒比海之谜》
1965　At Bertram's Hotel《伯特伦旅馆》
1971　Nemesis《复仇女神》
1976　Sleeping Murder《沉睡谋杀案》
1979　Miss Marple's Final Cases《马普尔小姐最后的案件》

其他系列及非系列

1922　The Secret Adversary《暗藏杀机》
1924　The Man in the Brown Suit《褐衣男子》
1925　The Secret of Chimneys《烟囱别墅之谜》
1929　Partners in Crime《犯罪团伙》
1929　The Seven Dials Mystery《七面钟之谜》
1930　The Mysterious Mr. Quin《神秘的奎因先生》
1931　The Sittaford Mystery《斯塔福特疑案》
1933　The Witness for the Prosecution and Other Stories《控方证人》
1934　Why Didn't They Ask Evans?《悬崖上的谋杀》

阿加莎·克里斯蒂 侦探作品年表

1934	The Listerdale Mystery	《金色的机遇》
1934	Parker Pyne Investigates	《惊险的浪漫》
1939	Murder Is Easy	《逆我者亡》
1939	And Then There Were None	《无人生还》
1941	N or M?	《桑苏西来客》
1944	Towards Zero	《零点》
1945	Sparkling Cyanide	《闪光的氰化物》
1945	Death Comes as the End	《死亡终局》
1949	Crooked House	《怪屋》
1950	Three Blind Mice and Other Stories	《三只瞎老鼠》
1951	They Came to Baghdad	《他们来到巴格达》
1954	Destination Unknown	《地狱之旅》
1958	Ordeal by Innocence	《奉命谋杀》
1961	The Pale Horse	《灰马酒店》
1967	Endless Night	《长夜》
1968	By the Pricking of My Thumbs	《煦阳岭的疑云》
1970	Passenger to Frankfurt	《天涯过客》
1973	Postern of Fate	《命运之门》
1991	Problem at Pollensa Bay	《神秘的第三者》
1997	While the Light Lasts	《灯火阑珊》

出版前言

纵观世界侦探文学一百七十余年的历史，如果说有谁已经超脱了这一类型文学的类型化束缚，恐怕我们只能想起两个名字——一个是虚构的人物歇洛克·福尔摩斯，而另一个便是真实的作家阿加莎·克里斯蒂。

阿加莎·克里斯蒂以她个人独特的魅力创造着侦探文学史上无数的传奇：她的创作生涯长达五十余年，一生撰写了八十余部侦探小说；她开创了侦探小说史上最著名的"黄金时代"；她让阅读从贵族走入家庭，渗透到每个人的生活中；她的作品被翻译成一百多种文字，畅销全球一百五十余个国家，作品销量与《圣经》《莎士比亚戏剧集》同列世界畅销书前三名；她的《罗杰疑案》《无人生还》《东方快车谋杀案》《尼罗河上的惨案》都是侦探小说史上的经典；她是侦探小说女王，因在侦探小说领域的独特贡献而被册封为爵士；她是侦探小说的符号和象征。她本身就是传奇。沏一杯红茶，配一张躺椅，在暖暖的阳光下读阿加莎的小说是一种生活方式，是惬意的享受，也是一种态度。

午夜文库成立之初就试图引进阿加莎的作品，但几次都与版权擦肩而过。随着午夜文库的专业化和影响力日益增强，阿加莎·克里斯蒂的版权继承人和哈珀柯林斯出版公司主动要求将版权独家授予新星出版社,并将阿加莎系列侦探小说并入午夜文库。这是对我们长期以来执着于侦探小说出版的褒奖,是对我们的信任与鼓励,更是一种压力和责任。

新版阿加莎·克里斯蒂作品由专业的侦探小说翻译家以最权威的英文版本为底本,全新翻译,并加入双语作品年表和阿加莎·克里斯蒂家族独家授权的照片、手稿等资料,力求全景展现"侦探女王"的风采与魅力。使读者不仅欣赏到作家的巧妙构思、离奇桥段和睿智语言,而且能体味到浓郁的英伦风情。

阿加莎作品的出版是一项系统工程,规模庞大,我们将努力使之臻于完美。或存在疏漏之处,欢迎方家指正。

新星出版社
午夜文库编辑部

Agatha Christie

Over the next few years, we plan to celebrate two very important Agatha Christie anniversaries. In 2015, it is the 125th anniversary of her birth in Torquay, South Devon, England, and in 2020 it will be 100 years after her first book, THE MYSTERIOUS AFFAIR AT STYLES, featuring her famous detective, Hercule Poirot, was published. This is therefore a very appropriate moment to publish a new edition of her works, and I am delighted that HarperCollins has chosen to work with New Star on these new editions. New Star is China's top crime publisher, and has a strong and dedicated editorial staff and a continued passion for Agatha Christie, making them the ideal partner. It is the right time to make these classic books available in modern translations and so to bring Agatha Christie's books anew to her many fans in China, giving them a new reason to re-read these much-loved stories, as well as introducing them to a whole new audience. How delighted Agatha Christie would have been that her stories (as she called them) are still giving so much pleasure to so many people all over the world!

I think there are two very remarkable things about Agatha Christie's stories. The first is that they are so adaptable. It doesn't really matter which language they appear in, the stories and the plots still give the same thrill, still provide the same puzzles, and the characters still have the same attraction. Readers in China will I am sure enjoy Hercule Poirot and Miss Marple just as much as we do in England, and readers in China will still be transfixed by the surprises and horrors of AND THEN THERE WERE NONE, one of the great classics of 20th century detective fiction, as we are here.

Agatha Christie

The second is that the stories give a wonderful picture of England, particularly rural England, at the time Agatha Christie lived. She wrote books from 1920 until 1970 but it is sometimes hard to tell which part of her life each book was written in. Her characters and the life they lived were very much the same. The life we all live is changing very quickly these days but the Agatha Christie world stays the same. Perhaps the Miss Marple stories provide the best example of this, and in some ways, THE BODY IN THE LIBRARY and NEMESIS are quite similar, despite the fact that thirty years elapsed between the time they were written.

Perhaps I might end by mentioning three Agatha Christies (other than the ones mentioned above) which I think demonstrate why she is so popular, even in the twenty-first century. The first is MURDER ON THE ORIENT EXPRESS, one of the most famous with one of the most ingenious and human plots. Next read this on one of your long train journeys in China! Next is A MURDER IS ANNOUNCED, a Miss Marple which was her 50th book. It has my favourite murderer in it! And last is ENDLESS NIGHT a story about evil and how it affects three young people, written at the time when I knew her best, and understood how deeply she cared and sympathised with young people and the world they lived in.

Whichever are your favourites I hope you enjoy these stories that New Star are introducing to you again. I think it is a great publishing event.

Mathew

Grandson of Agatha Christie
Chairman of Agatha Christie Ltd

致中国读者

(午夜文库版阿加莎·克里斯蒂作品集序)

在未来的几年中,我们将要筹备两个非常重要的关于阿加莎·克里斯蒂的纪念日。二〇一五年是她的一百二十五岁生日——她于一八九〇年出生于英国的托基市;二〇二〇年则是她的处女作《斯泰尔斯庄园奇案》问世一百周年的日子,她笔下最著名的侦探赫尔克里·波洛就是在这本书中首次登场。因此,新星出版社为中国读者们推出全新版本的克里斯蒂作品正是恰逢其时,而且我很高兴哈珀柯林斯选择了新星来出版这一全新版本。新星出版社是中国最好的侦探小说出版机构,拥有强大而且专业的编辑团队,并且对阿加莎·克里斯蒂的作品极有热情,这使得他们成为我们最理想的合作伙伴。如今正是一个良机,可以将这些经典作品重新翻译为更现代、更权威的版本,带给她的中国书迷,让大家有理由重温这些备受喜爱的故事,同时也可以将它们介绍给新的读者。如果阿加莎·克里斯蒂知道她的小故事们(她这样称呼自己的这些作品)仍然能给世界上这么多人带来如此巨大的阅读享受,该有多么高兴啊!

我认为阿加莎·克里斯蒂的作品有两个非常重要的特征。首先它们是非常易于理解的。无论以哪种语言呈现,故事和情节都同样惊险刺激,呈现给读者的谜团都同样精彩,而书中人物的魅力也丝毫不受影响。我完全可以肯定,中国的读者能够像我们英国人一样充分享受赫尔克里·波洛和马普尔小姐带来的乐趣;中国读者也会和我们一样，读到二十世纪最伟大的侦探经典作品——比如《无人生还》——的时候，被震惊和恐惧牢牢钉在原地。

第二个特征是这些故事给我们展开了一幅英格兰的精彩画卷，特别是阿加莎·克里斯蒂那个年代的英国乡村。她的作品写于二十世纪二十年代至七十年代间，不过有时候很难说清楚每一本书是在她人生中的哪一段日子里写下的。她笔下的人物，以及他们的生活，多多少少都有些相似。如今，我们的生活瞬息万变，但"阿加莎·克里斯蒂的世界"依旧永恒。也许马普尔小姐的故事提供了最好的范例：《藏书室女尸之谜》与《复仇女神》看起来颇为相似，但实际上它们的创作年代竟然相差了三十年。

最后，我想提三本书，在我心目中（除了上面提过的几本之外）这几本最能说明克里斯蒂为什么能够一直受到大家的喜爱。首先是《东方快车谋杀案》，最著名，也是最机智巧妙、最有人性的一本。当你在中国乘火车长途旅行时，不妨拿出来读读吧！第二本是《谋杀启事》，一个马普尔小姐系列的故事，也是克里斯蒂的第五十本著作。这本书里的诡计是我个人最喜欢的。最后是《长夜》，一个关于邪恶如何影响三个年轻人生活的故事。这本书的写作时间正是我最了解她的时候。我能体会到她对年轻人以及他们生活的世界关心至深。

现在新星出版社重新将这些故事奉献给了读者。无论你最爱的是哪一本，我都希望你能感受到这份快乐。我相信这是出版界的一件盛事。

阿加莎·克里斯蒂外孙
阿加莎·克里斯蒂有限责任公司董事长
马修·普理查德
二〇一三年二月二十日

阿加莎·克里斯蒂侦探小说全集㉛

首相绑架案
Poirot Investigates

[英]阿加莎·克里斯蒂 著
王占一 译

新 星 出 版 社　NEW STAR PRESS

目 录

1	"西方之星"历险记
29	马斯顿庄园惨案
47	低价租房奇遇记
65	狩猎者小屋的秘密
81	百万美元债券劫案
95	埃及古墓历险记
115	大都会珠宝劫案
137	首相绑架案
161	达文海姆先生失踪案
179	意大利贵族历险记
193	遗嘱失踪案

"西方之星"历险记

1

我站在波洛房间的窗前，无所事事地看着外面的街道。

"奇怪了。"我突然脱口而出。

"怎么了，我的朋友①？"波洛坐在舒适的扶手椅上，不温不火地问。

"波洛，从以下的事实推理吧！有个年轻女子，衣着华丽——时髦的帽子，美丽的皮草大衣。她正慢慢向前走着，边走边朝路边的房子张望。她还不知道呢，有三个男人和一个中年妇女正在跟踪她。还有个听差的小男孩也加入了进来，像这样打手势，在身后指着那个姑娘。这上演的是出什么戏？难不成姑娘是个骗子，后面的侦探们正准备逮捕她？还是说他们是流氓无赖，正密谋着袭击一个无辜的受害者？大侦探你怎么看？"

"既然是大侦探，我的朋友，他就会像以往一样，选择最简单的方法，亲自起身看看。"然后我的朋友就来到了窗边，和我一起看。

看了一下他就开心地咯咯笑了起来。

"和平时一样，你在观察到的事实里掺杂了你那不可救药的浪漫主义。她是玛丽·马维尔小姐，那个电影明星。她正被一群认出了她的仰慕者追随。还有，顺便说一句，我亲爱的黑斯廷斯，她完全知道有人跟着！"

---

①原文为法语，全文均以仿宋字体表示。

我笑了。

"这就全都解释得通了!但这没什么特别的,波洛。你仅仅是认出了她而已。"

"你说的没错!我的朋友,可你在银幕上见过玛丽·马维尔多少次了?"

我想了想。

"可能有十几次吧。"

"而我——就一次!但我认出了她,你却没有。"

"她看起来和银幕上可是截然不同啊。"我相当无力地反驳道。

"啊!真是的!"波洛叫道,"你还指望她戴着牛仔帽,或是光着脚,把卷发扎成一束,像个爱尔兰姑娘似的在伦敦街道上散步吗?你总是把什么都不当回事。还记得舞女瓦莱丽·圣克莱尔[①]的案子吧。"

我耸了耸肩,稍有不悦。

"不过你不用感到自卑,我的朋友。"波洛冷静下来说,"不是所有人都能像赫尔克里·波洛一样!我非常清楚这一点。"

"真的,我所知的任何人对自己的评价都不如你高。"我半开玩笑半厌烦地大声说道。

"不然呢?倘若一个人有其独一无二之处,他准清楚!而其他人也会同意这样的看法——实际上,要是我没猜错,玛丽·马维尔小姐也一样。"

"什么?"

"毫无疑问。她正朝这儿来。"

[①] 出自作者的短篇小说《梅花 K 之谜》。

"你是怎么看出来的？"

"非常简单。我的朋友，这条街道并不是贵族区。这里没有著名的医生，也没有知名的牙科诊所——甚至连时髦的女帽商店都没有！但这儿有位名侦探。是的，我的朋友，没错——我成了时髦的象征！人们会说：'什么？你的金铅笔盒丢了？一定要去找那个小个子比利时人。他太了不起了！每个人都去找他！走吧！'接着他们就来了。纷至沓来，我的朋友！带着最愚蠢的问题而来！"楼下门铃响了。"我跟你说什么来着，马维尔小姐来了。"

像往常一样，波洛又说对了。短暂间隔之后，这位美国影星被领了进来，我们起身相迎。

玛丽·马维尔无疑是银幕上最火的女演员之一。她最近才和丈夫来到英国的公司。她丈夫名叫格雷戈里·B·罗尔夫，也是个电影演员。他们一年前在美国结婚，这是初次来到英国。二人受到了热烈的欢迎。广大民众疯狂地迷恋玛丽·马维尔，迷恋她那华丽的衣着，她的皮草，她的珠宝。在她的所有珠宝中，有一颗最大的钻石，绰号叫"西方之星"，名字和它的主人真是相配。有大量报道称这颗名贵宝石的保险总额高达五万英镑，也不知是真是假。

我和波洛一起问候我们美丽的客户时，所有这些细节在我脑海里一闪而过。

马维尔小姐长得娇小苗条，宛如少女的面庞非常漂亮，一双蓝眼睛如孩童般天真无邪。

波洛拉过前面的一把椅子给她，她一坐下马上打开了话匣子。

"您也许认为我非常愚笨，波洛先生，但昨晚克朗肖勋爵给我讲您是如何精彩地解决了他侄子离奇死亡的案子[1]，让我觉得一定要听取您的建议。我敢说这件事只是个愚蠢的恶作剧——格雷戈里这么说的——但还是让我担心得要死。"

她停顿下来，深吸了一口气。波洛笑着鼓励她继续说。

"请继续，夫人。你看得出来，我仍然不明就里。"

"都是因为这些信。"马维尔小姐打开她的手提包，取出三封信递给波洛。

波洛靠近细看起来。

"廉价的纸张——名字和地址是精心打印上去的。我们来看看里面吧。"他打开信封。

我凑过来，挨着他的肩膀俯身看去。信里只有一句话，像信封上的字一样工工整整地印出来。信是这么写的：

　　这颗硕大的钻石是神的左眼，必须物归原主。

第二封信所表达的内容完全一致，但是第三封信的意思就明白多了：

　　我已警告过你。你却没有遵从指示。现在我要从你身上取走钻石。在满月时分，代表神左右双眸的钻石将被收回。请谨记。

"第一封信我当成是玩笑，"马维尔小姐解释说，"收到第二封信时，我开始好奇。第三封信是昨天寄来的，我觉得问题比我

---

[1] 参见作者的短篇小说《舞会谜案》。

想象得更严重了。"

"我发现这些信并不是通过邮局寄来的。"

"是的,有人亲自递来的,一个中国人。正是这点让我惶恐不安。"

"为什么?"

"因为钻石是格雷戈里三年前在旧金山从一个中国人手里买来的。"

"我明白了,夫人,你认为钻石指的就是——"

"西方之星。"马维尔小姐接着把话说完,"就是这样。那时候,格雷戈里记得这颗宝石似乎有点来历不明,但那个中国人什么都不说。格雷戈里说他看起来怕得要命,只想赶快把这东西处理掉。他的要价只有本来价值的十分之一。那是格雷①送我的结婚礼物。"

波洛若有所思地点了点头。

"听上去有点像浪漫小说里的故事。不过——谁知道呢?黑斯廷斯,劳烦你把我那本小年历拿过来。"

我照他说的做了。

"看看吧!"波洛翻开年历说,"满月是哪天来着?啊,这个星期五。还有三天时间。好了,夫人,你找我寻求建议,那么我就告诉你:这个美丽的故事可能是个恶作剧,但也可能不是!因此我建议你把钻石放在我这里保管,直到这周五之后。然后我们再看下一步要采取什么行动。"

这位女演员的脸上掠过一丝为难之情,她勉强地回答:

"恐怕不行。"

---

①格雷戈里的昵称。

"你随身带着的吧——嗯？"波洛认真地看着她。

这姑娘犹豫了一下，接着把手伸进上衣的胸口，拿出一条细长的链子。她身体向前倾，张开手，掌心捧着一颗白色火焰般的宝石，精致地镶嵌在铂金底座之中，散发出庄严而肃穆的光芒。

波洛深深地吸了一口气，发出啧啧的赞叹声。

"太了不起了！"他小声说。"夫人，能让我看看吗？"他接过了这件珍宝，擎在手里格外仔细地鉴赏，然后轻轻点了下头，还给了她。"真是颗华丽的宝石——完美无瑕。啊，万里挑一！而你竟随身戴着，就像这样！"

"不，不，我确实非常小心，波洛先生。通常我把它锁在首饰盒里，再放进酒店的保险柜。我们住在华美酒店，您知道吧。我只是今天要拿给您看才随身携带的。"

"你愿意把它放在我这儿，是不是？你愿意听取波洛老爹的建议吧？"

"呃，您看，是这样的，波洛先生。周五我们受邀到亚德利猎场，要和亚德利勋爵夫妇共度几天。"

她的话语唤起了我脑海里一段模糊的记忆。某些流言蜚语——到底是什么来着？几年前亚德利勋爵夫妇去美国，传闻说他当时和一些女性朋友纠缠不清，甚至还有流言把亚德利夫人的名字与加利福尼亚某"影星"联系在一起——哎呀！我忽然灵光一现——自然只能是格雷戈里·B.罗尔夫了。

"我得跟您说个小秘密，波洛先生。"马维尔小姐接着说，"我们和亚德利勋爵做了笔交易。他有可能安排我们在他家祖传的高楼里演一部电影。"

"在亚德利猎场？"我饶有兴致地问道，"那可是英国的一处名胜啊。"

马维尔小姐点点头。

"那里的确充满了古老王朝的气息。不过他要价太高,当然,我也不知道交易能否成行,不过格雷和我喜欢把事业跟乐趣结合在一起。"

"然而——恕我愚钝,我想请问——夫人你去亚德利猎场时一定要戴着钻石吗?"

马维尔小姐的目光忽然变得锐利而冷酷,与她孩子般的面容极不相称。她看上去好像突然变老了许多。

"我想戴着去那里。"

"当然了,"我突然插话,"亚德利收藏了一些非常名贵的珠宝,其中有一颗大钻石吧?"

"是这样。"马维尔小姐简洁地说。

我听见波洛低声自言自语:"啊,是这样!"然后他一如既往幸运地一语中的(他美其名曰善解人意),大声问道:"这么说你们已经和亚德利夫人熟识了,或者也许是你丈夫认识她?"

"三年前她去西部[①]时,格雷戈里认识了她。"马维尔小姐说。她迟疑片刻,接着突然补充道:"你们谁看了《社交圈八卦》吗?"

我们俩都惭愧地表示没看过。

"我问这个是因为这周的一期有篇关于名贵珠宝的文章,而且真的很奇怪——"她说到这儿戛然而止。

我站起身,走到房间另一边的桌子旁,手里拿着刚才马维尔小姐提到的报纸走回来。她从我手中接过,找到那篇文章,开始大声朗读起来:

[①]指密西西比河以西的美国。

"……除却其他名贵珠宝，还有亚德利家族的'东方之星'钻石。亚德利勋爵的祖先把它从中国带过来，据说关于这颗钻石还有个浪漫的故事。根据故事所述，此宝石曾是庙里一位神明的右眼。与之形状大小完全相同的另一颗钻石则为左眼，而故事说这件珍宝终有一天也会被盗走。'眼睛的一只会去西方，另一只去往东方，直到它们再次重逢。到那时，它们就将胜利回归神明。'出奇巧合的是，当前正有一颗人们称之为'西方的星星'或是'西方之星'的宝石，与故事中描述的极为相似。它的拥有者是著名影星玛丽·马维尔小姐。把两颗宝石做个比较将会是件有趣的事。"

她读完了。

"太棒了！"波洛喃喃地说，"这无疑是最浪漫的事。"他转向了玛丽·马维尔："夫人，你不害怕吗？你对迷信不恐惧吗？你不怕这对东方双胞胎一相遇就会引出个中国人，然后一施法术，就飞回中国了吗？"

他语带嘲讽，但我看得出他话里藏着严肃之意。

"我不相信亚德利夫人的钻石能比得上我的，"马维尔小姐说，"无论如何，我想去看看。"

还没等波洛再说什么，门突然开了，一个外表光鲜的男人大步走了进来。从他一头整洁的黑色卷发到光亮的皮靴，都恰似浪漫故事中的英雄。

"我说过会来接你的，玛丽。"格雷戈里·罗尔夫说，"所以我来了。那么，波洛先生是怎么评价我们的小问题的？是不是像我说的那样，只是个大骗局？"

波洛朝这位名演员微微一笑。他们形成了滑稽的对比。

"不管是不是骗局，罗尔夫先生，"他冷冷地说，"我建议过尊夫人周五不要戴着宝石去亚德利猎场。"

"我赞同您，先生。我已经这么对玛丽说过了。但是，唉！玛丽完全是女人的想法，我猜她一想到有别的女人在珠宝方面胜过她就不能忍了。"

"瞎说，格雷戈里！"玛丽·马维尔小姐厉声说。她气得脸都红了。

波洛耸了耸肩。

"夫人，我奉劝过你。其他的我就无能为力了。就这样吧。"

他对两人鞠了一躬，将他们送出门口。

"啊！天哪，"他看了看，回过身来，"女人的故事！这个好丈夫，他说到了点子上，但他毕竟不够圆滑！确实不够。"

我给他讲了刚才隐约回想起的事，他用力地点了点头。

"我也是这么想的。整件事背后仍有怪异之处。你若同意，我的朋友，我要出去一趟。拜托你等我回来，我不会去太久的。"

正当我在椅子上昏昏欲睡之时，女房东轻轻敲门，探进头说。

"先生，还有位女士要见波洛先生。我告诉她波洛先生出去了，但她说可以等，看样子是从乡下来的。"

"哦，把她带进来吧，墨钦森太太。也许我能为她做点什么。"

不一会儿那位女士就被领进来了。我一认出她来心就猛然一跳。亚德利夫人的照片经常出现在报纸上，以至于无人不知无人不晓。

"请坐吧，亚德利夫人。"我向前拉过一把椅子来，说道，

"我的朋友波洛出去了,不过他很快就会回来。"

她对我表示感谢,坐了下来。这位夫人与玛丽·马维尔小姐非常不同。她个子较高、深色头发、眼中微光流转,还有一张白皙而骄傲的脸庞,双唇却微微翘起,好像在渴求着什么。

我觉得应当自如应对。为什么不呢?波洛在场时我总是感到为难,无法发挥出我的最高水平。毫无疑问,我也具备推理能力,而且不输常人。我一冲动就向前探了探身。

"亚德利夫人,"我说,"我知道你为什么来这里。你收到了有关钻石的勒索信。"

无疑我一语中的。她目瞪口呆地看着我,整张脸都吓白了。

"你知道了?"她惊叹道,"怎么知道的?"

我笑了。

"通过逻辑推理。如果玛丽·马维尔小姐收到了警告信——"

"玛丽·马维尔?她来过这儿了?"

"她刚走。如我所说,她作为一对钻石的拥有者之一,连续几次收到神秘的警告,而你是另一颗宝石的主人,必然遭遇了同样的事。你看这有多么简单?这么说我猜对了,你也收到那些奇怪的信件了吗?"

她迟疑了片刻,仿佛在考虑是否该信任我,接着她稍微笑了笑,点点头表示肯定。

"是这样。"她确认道。

"也是有人……一个中国人交给你的吗?"

"不是,是邮寄来的;但是请告诉我,马维尔小姐也经历了同样的事吗?"

我向她叙述了早上的事。她聚精会神地听着。

"全都相符。我的信是她的复印件。确实都是邮寄来的,但上面浸有奇怪的香味，有种线香的味道，让人立刻联想到东方。这些都意味着什么呢？"

我摇了摇头。

"这是我们必须要查明的。你的信带来了吗？从邮戳上或许能有所发现。"

"可惜我把它们销毁了。你明白，当时我只不过把它当作一个无聊的玩笑。一帮中国人试图拿回钻石，这是真的吗？似乎太令人难以置信了。"

我们一遍又一遍仔细研究了这件事，但对这起神秘事件还是没能给出更深入的解释。最后亚德利夫人站起身来。

"我认为不必等波洛先生回来了。所有的事都由您来告诉他吧，可以吗？太感谢您了，先生——"

她犹豫着伸出手。

"黑斯廷斯上尉。"

"对的！我太笨了。您是卡文迪什一家人的朋友，对吧？是玛丽·卡文迪什①让我来找波洛先生的。"

我的朋友一回来，我就兴高采烈地给他讲起他没在的这段时间里发生的事。他相当仔细地反复询问了对话的细节，言语间流露出因没在场而产生的不悦。我也感到这位亲爱的老兄一点都不嫉妒我。轻视我的能力已经成了他的常态，而我觉得他正在为找不到漏洞批评我而懊恼。我暗自窃喜，不过尽量不表现出来，以免激怒他。尽管他有些怪癖，但我还是挺喜欢我这位古怪的小个子朋友的。

"好了！"他最后说了句，脸上表情有些怪异，"故事情节有

---

①见作者的长篇小说《斯泰尔斯庄园奇案》。

了进展。麻烦把那边书架顶层的《贵族名录》递给我。"他翻了几页。"啊，找到了！'亚德利……第十世子爵，服役于南非战争[①]'……这都不重要……'一九〇七年三月，尊敬的莫德·斯托珀顿，第三世男爵科特里尔的第四个女儿'……嗯，嗯，嗯……'于一九〇八年、一九一〇年生过两个女儿……俱乐部、居住地'……这里没有告诉我们太多信息。不过明天早晨我们就能见到这位英国绅士了！"

"什么？"

"没错。我给他打电话了。"

"我记得你不想插手这件事啊？"

"我不想为马维尔小姐办事是因为她拒绝按照我的劝告行事。我现在做的是为了满足我自己——满足赫尔克里·波洛！毫无疑问，这个闲事我管定了。"

"所以你就冷静地给亚德利勋爵打了电话，让他快到镇上来，只是为了满足私欲。他会不高兴的。"

"恰恰相反，如果我能保护他家族的钻石，他应当非常感激我。"

"那你真的认为钻石有可能被偷吗？"我急切地问。

"几乎是肯定的，"波洛平静地答道，"一切都表明了这一点。"

"但是怎么——"

波洛凭空挥了挥手，示意我不要着急问问题。

"拜托了，现在不合适。我们不要扰乱视听。再仔细看看那本《贵族名录》——你怎么放错了位置！你看看，最高的书放在书架最上层，第二高的放在下一排，以此类推。这样我们才有了

[①]南非战争：又称英布战争或第二次布尔战争。是一八九九到一九〇二年英国同荷兰移民后裔布尔人为争夺南非领土和资源而进行的一场战争。

秩序、方法，我经常告诫你这些，黑斯廷斯——"

"正是。"我赶忙应道，然后把书册放到正确的位置上。

2

原来亚德利勋爵是一位活泼、大嗓门儿、爱运动的人。他脸色发红，不过脾气很好，待人和蔼，确实有魅力，即使智商不足也可以弥补了。

"这件事太离奇了，波洛先生。摸不到头绪啊。我妻子收到了几封奇怪的信，而且马维尔小姐也是。这都是怎么回事？"

波洛把一份《社交圈八卦》递给他。

"首先，阁下，我想问你的是这些情况是否大体属实？"

这位贵族接过来。他一看就气得沉下脸来。

"一派胡言！"他气急败坏地说，"这颗钻石从来没被赋予过什么浪漫故事。据我所知它最早产自印度。这些中国神明的事我听都没听过。"

"不过，这颗宝石的确被称作'东方之星'。"

"哦，那又怎样？"他愤怒地问道。

波洛微微一笑，没有正面回答他。

"我想建议你的是，阁下，你得听从我的安排。假如你毫无保留地这么做了，我很有可能帮你躲开灾祸。"

"这么说您是认为这些传闻里有些事是真的？"

"我给你建议的话你会采纳吗？"

"我当然会了，不过——"

"好！那请允许我问几个问题。这次亚德利猎场的事，确实如你所说，是你和罗尔夫两人商定的吗？"

"哦,他是这么跟您说的,对吧?不,还没有确定下来。"他犹豫不定,砖红的脸色变得更深了,"不妨直说了吧。我在许多方面都表现得像头蠢驴,波洛先生。我已经负债累累了,但很想改变现状。我喜欢那两个年轻人,我想重整旗鼓,在旧居生活下去。格雷戈里·罗尔夫提供给我一大笔钱,足够让我再次站稳脚跟。我不想这么做——我不想看到一伙人在猎场周围演戏——但我可能不得不同意,除非——"他突然不说了。

波洛紧紧地注视着他,说:"你还另有打算吧?可否容我猜一猜?是要卖掉东方之星吧?"

亚德利勋爵点了点头,说:"正是如此。它在我们家族已经传了几代人,但并非不可或缺。还有,满世界找买主可不是件容易的事。霍夫伯格,就是哈顿花园①的那位,正在留意观察潜在客户,但他必须快点找到一位,否则就竹篮打水一场空了。"

"还有个问题,请允许我问一下——亚德利夫人赞成哪种方案?"

"哦,她坚决反对我卖掉珠宝。您知道女人什么样。她完全赞成租给他们拍电影。"

"我理解。"波洛说。他沉思了片刻,接着迅速站起身来,"你马上要回亚德利猎场了吧?好!不要对任何人提起一个字,注意是任何人,不过今晚在场的人员除外。我们会在五点之后很快赶到。"

"好的,但我不明白——"

"这不重要,"波洛亲切地说,"你愿意让我保护你的钻石,是不是?"

---

①哈顿花园:英国伦敦知名珠宝交易区。二〇一五年四月这里因发生了英国史上最大的盗窃案,约两亿英镑的珠宝和现金失窃而轰动世界。

"是的，但是——"

"那就照我说的做。"

这位迷惑不解的贵族沮丧地走出了房间。

3

我们来到亚德利猎场时是五点半，随威严的男管家走进挂满古老画框的大厅，大厅的壁炉里木柴烧得正旺。一幅美丽的画面映入我们眼帘：亚德利夫人和她的两个孩子，一头美丽黑发的母亲弯下腰，靠向那两个可爱的孩子，孩子的发色都很浅。亚德利勋爵站在旁边，低头朝他们笑着。

"波洛先生和黑斯廷斯上尉到了。"男管家通报说。

亚德利夫人吓了一跳，抬起头看，她丈夫则犹豫地向前走来，目光在向波洛寻求指示。我们这位小个子男人泰然自若。

"非常抱歉！我还在调查马维尔小姐的遭遇。她周五要来你们这儿，对吧？我先四处转转，以确保各方面都安全。我想问下亚德利夫人，您是否还能回想起收到的那些信件上面的邮戳？"

亚德利夫人遗憾地摇摇头。"我恐怕想不起来了。我太笨了。您知道，我一直没太把它们当一回事儿。"

"你们今晚住在这儿吗？"亚德利勋爵说。

"哦，阁下，我怕给你添麻烦。我们把行李放在旅馆了。"

"没关系。"亚德利心领神会，"我们会把行李取过来。不，不——不麻烦，我向您保证。"

波洛做出恭敬不如从命的样子，挨着亚德利夫人坐下，和孩子们交起了朋友。很快他们就打成了一片，还把我拉进来玩游戏。

"你是个好妈妈。"当孩子们不情愿地被严厉的保姆领走后,波洛微微躬身奉承道。

亚德利夫人理了理弄乱的头发。

"我很爱他们。"她语气中略带哽塞。

"而且他们也爱你——合情合理!"波洛又躬了一躬。

更衣钟声响了,我们起身要回到安排给我们的房间。就在这时,男管家端着托盘走进来,上面放着一封电报,他把电报交给亚德利勋爵。后者简单说了句抱歉就把电报撕开了。他读着电报,人明显僵住了。

他突然叫了一声,把电报递给妻子,然后看了一眼我的朋友。

"稍等一下,波洛先生,我觉得您有必要了解一下。是霍夫伯格发来的。他说他为钻石找到了一位买主,一个美国人,明天乘船去美国。他们今晚会派个小伙子过来查验宝石。天哪,要是顺利的话——"他的话被打断了。

亚德利夫人转过身。她手里依然拿着那封电报。

"我希望你不要把它卖了,乔治,"她小声说,"它在这个家族这么久了。"她停下来,好像在等待回复,但没有人说话,她的脸都僵硬了。她耸了耸肩。"我必须去换衣服了。我想我最好展示一下'货物'。"她转向波洛,苦笑了一下,"这是设计得最难看的项链之一!乔治总是向我承诺要把那些宝石重新镶嵌,但他从未付诸行动。"她离开了房间。

过了半个小时,我们三个人来到大客厅里等着夫人。晚餐的时间都已经过去几分钟了。

突然间传来一阵轻微的沙沙声,亚德利夫人穿着白色长裙走进门廊,整个人都熠熠生辉。她脖颈上绕着的项链宛如一条燃烧的小溪，她站在那里，一只手恰好触到项链。

"看看这件贱卖品吧，"她愉快地说，坏脾气似乎消失不见了，"等着，我把大灯打开，让你们好好看看这条全英国最丑的项链。"

开关恰好在门外。正当她伸出手去按开关时，难以置信的事情发生了。所有灯光都毫无征兆地熄灭了，门"呼"的一声响，从外面传来了女人的长声尖叫。

"我的天哪！"亚德利勋爵大叫，"是莫德的声音！发生了什么？"

我们摸黑冲到门外，在黑暗中推推搡搡，花了几分钟才看清。映入眼帘的是怎样一幅景象啊！亚德利夫人昏倒在大理石地面上，白皙的喉咙处现出一个深红色印迹，项链被人从脖子上抢走了。

我们此时尚不知她性命如何，当我们俯身看她时，她睁开了眼睛。

"那个中国人，"她痛苦地小声说，"那个中国人……从侧门。"

亚德利勋爵一跃而起，嘴里咒骂着。我跟在他身旁，心脏狂跳不已。又是那个中国人！侧门是在墙壁一角的一个小门，距离发生不测的地方最多十二码。当我们赶到侧门那边时，我大叫一声。因为那条闪闪发光的项链就掉在离门槛不远的地方，显然是窃贼仓皇逃窜时丢下的。我高兴地把项链从地上抓起来。接着我又大喊一声，亚德利勋爵也随之大叫。因为项链中间缺少了一大块。东方之星丢了！

"显而易见，"我喘着粗气说，"这些不是普通的毛贼。这颗宝石是他们唯一的目标。"

"但这家伙是怎么进来的呢？"

"从这扇门。"

"但这门一直是锁着的啊。"

我摇了摇头。"现在就没锁，看吧。"我边说边把门拉开。

刚一拉开门，我就发现有什么东西在地上飘动。我捡起来。那是一块丝绸，是刺绣，绝对错不了。是从中国人的长袍上撕扯下来的。

"他匆忙之中被门挂住了，"我解释道，"来，快点。他应该还没跑远。"

我们追赶搜寻了一番却终是徒劳无功。在这漆黑的夜里，窃贼要逃跑轻而易举。无奈之下，我们只得回屋，亚德利勋爵吩咐一个男仆尽快去报警。

亚德利夫人由波洛妥善照料。面对这样的事情，她的反应就像一个寻常女人，恢复镇定之后，她便说出了事情的经过。

"我正要去开另一盏灯，"她说，"这时一个人突然从后面袭击我。他从我的脖子上扯下项链，力气大得使我猛然摔到地板上。我倒下的瞬间看到他从侧门逃走了。我通过辫子和绣袍认出了他是个中国人。"她停了下来，身体颤抖着。

男管家回来了。他低声跟亚德利勋爵通报。

"老爷，是一位从霍夫伯格先生那儿来的绅士。他说您在等他。"

"天哪！"这位贵族心烦意乱地喊道，"我想我必须见他。不，不是在这儿，马林斯，在书房吧。"

我把波洛拉到一边。

"看这局面，我亲爱的朋友，我们难道不是最好回伦敦去吗？"

"黑斯廷斯，你这么认为吗？为什么？"

"嗯，"我有意地咳嗽了一下，"事情进展得并不顺利，是吧？我的意思是，你跟亚德利勋爵说让他听你的就万事大吉了——然后钻石从你眼皮底下消失了！"

"确实。"波洛相当垂头丧气地说，"这并非我最受瞩目的一次胜利。"

这种形容方式差点让我笑了出来，但我坚持自己的主张。

"这样，恕我直言——把事情搞得这么糟糕，你不觉得我们立刻离开会更妥当吗？"

"还有晚宴呢，亚德利勋爵家厨师准备的晚宴无疑是无与伦比的。"

"唉，还提什么晚宴！"我不耐烦地说。

波洛惊慌地举起双手。

"我的天哪！你们这个国家，对待美食如此漠不关心，简直是犯罪啊。"

"我们应该尽快回伦敦还有另一个原因。"我继续说。

"是什么，我的朋友？"

"另一颗钻石，"我压低声音说，"马维尔小姐的。"

"好吧，什么意思？"

"你没发现吗？"他异乎寻常的迟钝惹恼了我。他平时机敏的智慧到哪里去了？"他们拿到了一颗，现在他们要去找另一颗了。"

"哎呀！"波洛喊道，他退后一步惊讶地看着我，"你的智力怎么发展到这么神奇的地步了，我的朋友！我都没想到这一点！不过我们有的是时间。满月之时，还没到星期五呢。"

我疑惑地摇摇头。我对满月之时的说法将信将疑。不管怎样，我们给亚德利勋爵留了字条，做了一番解释和道歉，然后我强行拉着波洛，立刻告辞。

我的想法是马上到华美酒店去，联系马维尔小姐看看是否发生了什么事，但波洛不同意这个计划，坚持认为早上再去，时间绰绰有余。我勉强答应了。

到了早上，波洛莫名其妙又不想出门了。我不禁怀疑他是否因为一开始的失误而不愿继续处理这个案子。他对我的劝导是这样回答的，而且极具说服力。他说，鉴于亚德利猎场的事已经刊在了早报上，罗尔夫夫妇肯定已经知晓了，而我们也不能提供比早报更多的信息。我只好勉强同意。

之后发生的事证明了我的预感是有道理的。大约两点钟，电话响了。波洛接起电话。他听了一会儿，然后简短地说了句"好，我会过去。"就挂断了，接着转身对我说。

"我的朋友，你怎么认为？"他的表情既羞愧又激动，"马维尔小姐的钻石被盗了。"

"什么？"我一跃而起，大叫起来，"现在还说什么'满月之时'吗？"波洛耷拉着脑袋。"什么时候被盗的？"

"我想是今天早晨。"

我遗憾地摇了摇头。"你要是听我的就好了。我说对了吧。"

"看来是这样，我的朋友。"波洛谨慎地说，"人们说表象具有迷惑性，不过看起来的确是这样。"

我们急忙乘出租车去华美酒店，我苦苦思索着这诡计的真相是怎样的。

"'满月之时'的主意真是狡猾。这让我们的注意力都集中在星期五，而在那之前我们放松了警惕。很遗憾你没有意识到。"

"还真是！"波洛轻描淡写地说，他无动于衷的态度短暂消失后又恢复了,"没有人能把一切都考虑到!"

我为他感到惋惜。毕竟,他是那么讨厌失败。

"高兴点儿吧,"我安慰他说,"下次会更走运的。"

一到华美酒店,我们就被请进了经理办公室。格雷戈里·罗尔夫正和苏格兰场的两个人在一起。一个面色苍白的店员坐在他们对面。

罗尔夫看我们进来点了点头。

"我们正在想办法弄清真相,"他说,"但这事太不可思议了。我想不明白那家伙为何这般厚颜无耻。"

没用多久我们就完全掌握了情况。罗尔夫先生十一点一刻从酒店出去。在十一点半,一位绅士走了进来,因外表和罗尔夫颇为相似,通过了检查,进入酒店,并要求从保险箱里把首饰盒取出来。他按规矩在收据上签了名,同时不经意地说:"看上去和我平时签的有点不一样,因为我下出租车时把手划伤了。"店员只是笑笑说他几乎看不出差别来。罗尔夫笑着说:"嗯,不管怎么说,这回可别把我当成骗子抓起来。我收到过中国人写的恐吓信,最糟糕的是我自己看上去都太像个中国人了——尤其是眼睛。"

"我看了看他,"那个店员是这么跟我们讲的,"马上就明白了他的意思。他眼角像东方人那样往上翘。我以前从没注意到这点。"

"真该死啊,老兄。"格雷戈里·罗尔夫咆哮道,同时身体向前倾,"你现在注意到了吗?"

这个人抬头打量起他来。

"不,先生,"他说,"我得说我看不出来。"他那双棕色眼睛正率真地看着我们,一点儿都不像东方人的眼睛。

苏格兰场的人嘟囔起来。"胆大妄为的家伙。觉得自己眼睛的特点容易被人察觉,还铤而走险要避免怀疑。他肯定看见你走出酒店了,先生,看你一走远他赶忙溜了进去。"

"首饰盒怎样了?"我问道。

"在酒店的走廊里找到了。被拿走的宝贝只有一件——'西方之星'。"

我们面面相觑。整件事是那么匪夷所思,那么不真实。

波洛突然一跃而起。"恐怕我没起到多大的作用,"他后悔地说,"我能见见夫人吗?"

"我估计她被吓着了。"罗尔夫说。

"那我也许可以和你单独说几句话吧,先生?"

"当然了。"

大约五分钟后波洛又回来了。

"现在,我的朋友,"他愉快地说,"去趟邮局吧。我要发个电报。"

"给谁发?"

"亚德利勋爵。"他拽着我的胳膊不容我多问一句,"走吧,走吧,我的朋友。我了解你对这件麻烦事的全部感受。我表现得不怎么样!而你,如果换成是你来处理,也许可以做得很好。好!都是我不对。让我们忘记这些,去吃午饭吧。"

我们回到波洛房间时大概四点。有个人从窗边的椅子上站起来。是亚德利勋爵。他面容憔悴、心烦意乱。

"我接到你的电报立马就过来了。听我说,我去霍夫伯格那儿了,他们昨晚没有派人过来,也没有发电报。你觉不觉得——"

波洛抬起手。

"真抱歉！是我发的电报，你提到的那位先生也是我雇来的。"

"你——但是为什么？什么情况？"这位贵族有气无力地说。

"我有个小小的想法，要让问题变得迫在眉睫。"波洛平静地解释道。

"让问题变得迫在眉睫！哦，我的天哪！"亚德利勋爵叫嚷着。

"而这个计策成功了，"波洛高高兴兴地说，"因此，阁下，我非常荣幸能将这个——归还于你！"他做了个颇为戏剧性的动作，拿出了一个闪闪发光的东西。那是一颗大钻石。

"东方之星。"亚德利勋爵吸了一口气说道，"但我不明白——"

"没明白？"波洛说，"没关系。相信我，钻石被偷走是有必要的。我向你承诺过要保护好你的钻石，而且我信守了诺言。你得允许我保留一点小秘密。请向亚德利夫人转达我深深的敬意，告诉她我很开心能够保护好她的珠宝。多么好的天气啊，不是吗？再见了，先生。"

接着这个不可思议的小个子边说边笑，把困惑的贵族送到了门口。他轻轻搓着手走回来。

"波洛，"我说，"我是不是精神严重错乱了？"

"不，我的朋友，你是像往常一样头脑迷糊。"

"你是怎么弄到钻石的？"

"从罗尔夫先生那里。"

"罗尔夫？"

"是的！什么警告信、中国人、《社交圈八卦》上的文章，都是出自罗尔夫先生那聪明的脑袋！那两颗钻石被认为是奇迹般的相似——呸！根本没有的事。只有一颗钻石，我的朋友！最初是作为亚德利的收藏品，然后又被罗尔夫先生把持了三年。今天早上他把油彩涂在眼角，以此为掩护将它偷走了！啊，我一定要在电影里看看他，他真是一名艺术家，没错！"

"但他为什么要偷自己的钻石呢？"我迷惑不解地问道。

"有多方面原因。首先，亚德利夫人开始变得躁动不安。"

"亚德利夫人？"

"你知道她经常被独自留在加利福尼亚吧。她丈夫自己到别处游玩。罗尔夫先生英俊潇洒，富有浪漫气息。但他其实是有所图的，这位先生！他向亚德利夫人示爱，接着又敲诈勒索她。几天前的晚上，我向这位夫人指出了真相，而她承认了。她发誓只是一时不慎，我相信她说的。但无疑罗尔夫有她写的信，可以随意歪曲成不同的解释。她害怕受到离婚的威胁，害怕与孩子们分离，就同意了他的一切要求。她自己没有钱，被迫答应他用胶粘上一个替代品来冒充真的宝石。'西方之星'出现时间的巧合立刻让我为之一震。一切进行顺利。亚德利勋爵准备安定下来了——过安定的生活。然后突然之间，他又要把钻石卖掉。这样下去替代品就会被发现了。毫无疑问，她只得火速写信给刚到英国的格雷戈里·罗尔夫。他安慰她，保证安排好一切，并准备一箭双雕。这样他就能让亚德利夫人闭嘴，以免夫人在惊慌中把事情都告诉她丈夫，若真如此，我们的勒索者就空忙一场了。他将拿到五万英镑的保险金（啊，你忘了还有这回事了吧！），同时他还拥有了钻石！就在这时，我插手了。宣称钻石专家要来。如我所想，亚德利夫人会立即安排一次抢劫——也是演得太妙了！然而赫尔克里·波洛，他唯一看到的就只有事实。事实上发生什么了呢？这位夫人关了灯，砰的一声关上门，把项链扔到走廊，并且尖叫起来。她在楼上时已经用钳子把项链上的假钻石取下来了——"

"但是我们看见项链戴在她的脖子上啊!"我反驳道。

"请你听清楚,我的朋友。她用手掩住了项链的一部分,这上面是有个缺口的。而事先把一块丝绸塞进门缝简直是小孩子的把戏!当然,罗尔夫一听说抢劫如约进行,就开始了自己的表演。看他演得多好啊!"

"你跟他说了什么?"我的好奇心被调动了起来。

"我跟他说亚德利夫人把一切都告诉了她丈夫,委托我找回宝石,如果不马上交出宝石,就会对他提起诉讼。我还即兴发挥撒了点小谎。他就老老实实听我的了!"

我仔细琢磨着这件事。

"似乎对玛丽·马维尔有点不公平吧。她自身没有过失,却失去了钻石。"

"呸!"波洛粗鲁地说,"她可是打了个声势浩大的广告啊。她只关心这一点,那种人!而另一位,她就不同了。她是个好母亲,好女人啊!"

"是吗?"我略带疑惑地说,很难同意波洛对女性的观点,"我想是罗尔夫把复印的信交给她的吧。"

"根本不是。"波洛尖刻地说,"在困境中亚德利夫人听取了玛丽·卡文迪什的建议来找我寻求帮助。然后她听说她的对手,玛丽·马维尔来过这里,就改变了想法。我的朋友,她钻了一个你留给她的空子。用不了几个问题我就足以辨明,是你告诉了她那些信的事,而不是她告诉你的!她抓住了你在话语中留给她的机会。"

"我不相信。"我被刺激到了,大叫道。

"好了，好了，我的朋友，很遗憾你不是学心理的。她跟你说那些信件都被销毁了吧？哎，一个女人，如果不是非做不可，是不会销毁信件的！即使销毁信件会是更加谨慎的做法！"

"这下一切都说得通了，"我的怒火被点燃了，"但是你把我当成了十足的傻瓜！从始至终！不是说你事后解释清楚就万事大吉了，做事得有个限度！"

"然而你那么自得其乐，我的朋友，我不忍心打破你的美梦。"

"这可不怎么样。你这次做得有点太过分了。"

"天哪！我的朋友，你怎么无缘无故发起火来了！"

"我受够了！"我摔门而出。波洛纯粹是把我当作笑柄。我决定给他一个深刻的教训。我在短时间内是不会原谅他的。在他的怂恿下我成了个彻头彻尾的傻瓜。

马斯顿庄园惨案

我陪人出城离开了几天,回来时看见波洛正在收拾他的小旅行箱。

"正好,黑斯廷斯,我还怕你赶不及回来陪我呢。"

"这么说,你有案子要出去办?"

"是的,不过我必须承认,从表面上看,这个案子似乎不太好办。北方联合保险公司委托我调查马尔特拉瓦斯先生的死因,这个人几周前在这家公司为自己的身家性命投了总额五万五千英镑的保险。"

"哦?"我更加饶有兴致地问道。

"当然了,合同里有通常的自杀条款。如果受保人一年内自杀,是不赔付保险金的。公司的医生当时给马尔特拉瓦斯先生做了体检,尽管他的身体已不如巅峰时期,但也相当健康。然而在星期三——也就是前天——人们发现他倒在了家中的地上,在埃塞克斯①的马斯顿庄园。据说死因是某种内出血。这件事本来没什么特别之处,但是有恶意谣言称马尔特拉瓦斯先生近期的财务状况堪忧,北方联合公司也查明死者已经濒临破产,这一点千真万确。这样一来事情就变得大为不同。马尔特拉瓦斯有个年轻漂亮的妻子,据说他为了交付保费,筹集了力所能及的全部现金,想在死前为他的妻子留下一笔钱,然后就自杀了。这种事也不是没发生过。总之,我一个在北方联合公司当主管的朋友——阿尔弗雷德·赖特——委托我查明案情。不过我也跟他说了,成功的

---

①埃塞克斯:英国东南部的一个郡。

把握不大。假如死因是心力衰竭，情况可能还乐观一些，因为那往往只是因为社区医生没能找出真正的死因。但是有出血症状的话，死因无非就那么几种。不过，我们还是做些必要的调查吧。黑斯廷斯，你有五分钟整理行装，然后我们坐出租车去利物浦街。"

大约一小时之后，我们从大东部铁路的火车上下来，到了马斯顿利站。从车站咨询处了解到马斯顿庄园距离这里一英里左右。波洛决定步行，我们就沿着主干道往前走。

"我们的行动计划是怎样的？"我问。

"首先去拜访医生。我确认过了，马斯顿利只有一名医生，就是拉尔夫·伯纳德医生。啊，我们已经到他家了。"

这座房子是那种高级村舍，位于这条路稍远一点的地方。门上的铜牌上有医生的名字。我们沿着小路走过去，按响了门铃。

事实证明我们的到访还是幸运的。正值医生的问诊时间，而此时并没有病人候诊。伯纳德医生是位上了年纪的男子，肩膀高耸，弯着腰，言谈举止让人感到几分愉快。

波洛做了自我介绍，说明来意，又补充说受保险公司所托一定要彻底查清这个案子。

"当然，当然，"伯纳德医生含糊地说，"我猜啊，他这么富有的人，一定给自己投了一大笔金额的保险吧？"

"你认为他是个富人吗，医生？"

医生看上去相当惊讶。

"他不是吗？他有两辆车，你知道吧，而且他的马斯顿庄园相当庞大，维修费用一定也不低，即使我相信他买的时候很便宜。"

"据我所知，他近来的损失惨重。"波洛仔细看着医生说道。

然而，后者只是难过地摇了摇头。

"是吗？确实是。那他妻子幸运地得到他的人身保险金了。一个非常年轻漂亮有魅力的人，但是因这次的灾祸变得极度神经质。神经极度紧张，可怜的人啊。我已经尽我所能为她调理了，但是无疑她受到的打击实在太大了。"

"你最近给马尔特拉瓦斯先生看过病吗？"

"尊敬的先生，我从没给他看过病。"

"什么？"

"我知道马尔特拉瓦斯先生是名基督教科学派成员——之类的。"

"但你验过他的尸体？"

"确实是。我是被一个园丁叫过去的。"

"那么死因清楚了吗？"

"一清二楚。嘴唇上有血，但大部分出血发生在体内。"

"他一直躺在事发地点没动过吗？"

"是的，尸体没人碰过。他躺在一个小花园的边上。显然他出来是要打白嘴鸦，有把小型鸟枪落在他旁边。出血肯定是一瞬间发生的。毫无疑问是胃溃疡。"

"确定不是被枪杀的吗，嗯？"

"尊敬的先生！"

"请原谅我，"波洛谦逊地说，"不过，如果我没记错的话，在最近一起谋杀案中，医生起初给出的结论是心力衰竭——而当地警员查明头部有一处子弹射穿的枪伤后，结论就变了！"

"你们在马尔特拉瓦斯先生的尸体上找不到任何枪伤，"伯纳德医生冷淡地说，"好了先生，如果没有其他什么事的话——"

我们心领神会。

"早安，医生，非常感谢你如此诚恳地回答我们的问题。顺便问下，你认为没必要解剖吗？"

"当然不用了。"医生变得非常生气，"死因很清楚了，而且就职业看法而言，我认为没必要再让死者家属过分悲痛。"

接着医生转身，突然在我们面前把门关上了。

"你对伯纳德医生怎么看，黑斯廷斯？"波洛在我们依照计划去庄园的路上问我。

"真是头老倔驴。"

"太准确了。你对人性的评价总是那么深刻，我的朋友。"

我不自在地瞥了他一眼，而他似乎十分严肃。可是他眼睛闪烁了一下，狡黠地补充道：

"也就是说，那位夫人想必非常美丽！"

我冷冷地看了他一眼。

当我们到达庄园时，为我们开门的是一位中年女仆。波洛递给她名片和保险公司给马尔特拉瓦斯夫人的信。她把我们领进一间小的晨间起居室里，然后退下告知女主人我们的到来。等了十分钟左右，门开了，一位身材苗条、穿着丧服的寡妇站在门口。

"您是波洛先生？"她犹豫着问道。

"夫人！"波洛优雅地站起身，快步走向她，"非常抱歉以这种方式打扰你。不过我也是无可奈何，这些事——他们一点都不懂得怜悯。"

马尔特拉瓦斯夫人在他的示意下坐在一把椅子上。她眼睛都哭红了，不过暂时的面容不整无法掩盖她那非凡的美貌。她有二十七八岁，皮肤非常白皙，长着一双蓝色的大眼睛，嘴噘起来显得那么可爱。

"是有关我丈夫保险的事，对吗？但是一定要现在打扰我吗——太急了吧?"

"振作起来,亲爱的夫人。振作起来吧!你也知道,你丈夫前不久买了一笔大额人身保险,这种情况下公司总是要彻底弄明白一些细节。他们委托我为他们办这事。你可以放心,我会尽我所能在处理这件事时不让你太讨厌。你愿意给我简单重述一下星期三发生的那件伤心事吗?"

"当时女仆来了,我正在换衣服准备吃茶点,突然一名园丁跑来,他发现——"

她的声音小到听不见。波洛同情地拍了拍她的手。

"我理解你。明白了!下午早些时候你见过你丈夫吗?"

"午饭后就没见过了。我走到村子里去买些邮票,我想他去外面围着院子闲逛了吧。"

"在打白嘴鸦,嗯?"

"是,他经常带着把小型鸟枪,我在远处听到了一两声枪响。"

"那把小型鸟枪现在在哪儿?"

"在大厅里,我想是。"

她带我们走出房间,找到那把小型武器,递给波洛。波洛草草查看了一番。

"开了两枪,我知道了,"他看了看,又递还回去,"那么现在,夫人,我是否可以看看——"

他机智地收住了话。

"仆人会带您去。"她扭过头去低声说。

女仆被招呼进来,带波洛上楼去。我留下来和这位不幸的美女在一起,不知是该说话还是该保持沉默。我试着说上一两句无关痛痒的话,但她只是心不在焉地应着。没过几分钟,波洛就回到我们这边来了。

"谢谢你的款待,夫人。我认为在这件事上无须再打扰你了。顺便问下,你了解你丈夫的财务状况吗?"

她摇了摇头。

"一无所知。我对生意上的事非常迟钝。"

"我懂了。这么说你也不知道他为何突然决定投一大笔人身保险喽?他之前从没那么做过,据我所知。"

"嗯,我们结婚才一年多。但是他投保大概是因为他一心觉得活不长了。他对自己的死亡有种强烈的预感。我猜他已经出现过内出血的症状,而且他知道再犯一次便会致命。我尽力消除他这些阴郁的恐惧,但都徒劳无功。唉,事实证明他是对的!"

她泪眼婆娑,郑重地和我们道别。波洛做了个他特有的手势道别,我们就一起来到了车道上。

"好吧,就这样了!回伦敦吧,我的朋友,这个老鼠洞里没有发现老鼠。另外——"

"另外什么?"

"有一点矛盾的地方,就是这样!你注意到了吗?没有吗?也是,生活充满了矛盾,那个人肯定不是自杀——没有能让嘴里溢满血的毒药。不,不,我必须尊重摆在这里清楚明白的事实——这是谁?"

一个高个子的年轻人顺着车道朝我们走来。他不动声色地从我们身边经过,但我注意到他长得并不难看。他脸庞瘦削,皮肤呈古铜色,证明他在热带地区生活过。一个扫落叶的园丁在工作之余休息了一会儿,波洛迅速跑到他跟前。

"麻烦你告诉我,那位先生是谁?你认识他吗?"

"我不记得他的名字了,先生,不过我肯定听说过。他上星期在这里住了一晚。是星期二。"

"快,我的朋友,我们跟上他。"

我们在车道上快步跟上那个远去的身影。在房子旁边的露台上,可以瞥见一位穿黑袍的人,我们的目标拐了个弯,我们跟在他后面,所以正好目睹了这次会面。

马尔特拉瓦斯夫人差点没站稳,她的脸明显变得煞白。

"你,"她喘着粗气,"我以为你在船上,在去东非的途中?"

"我从律师口中得到了一些消息,因而耽搁了。"那个年轻人解释道,"我的老伯父在苏格兰意外去世,给我留下了点钱。我想了想,在这种情况下,还是取消行程比较好。然后我从报纸上看到了这个坏消息,就过来看看我能做点什么。你也许会需要人手,帮忙照看一些事。"

就在这时,他们发觉了我们在那里。波洛走向前,一再道歉并解释他把手杖落在了大厅里。马尔特拉瓦斯夫人做了必要的引见,看起来相当不情愿。

"这是波洛先生,这是布莱克上尉。"

聊了几分钟,波洛得知了布莱克上尉住在安科尔旅馆的事实。我们没找到丢失的手杖(这不足为奇),波洛连说了几句抱歉,我们就离开了。

我们很快就回到了村庄里,波洛则径直朝安科尔旅馆走去。

"我们就在这里安顿下来,等着我们的上尉朋友回来吧。"他说道,"你记不记得我强调过我们要坐第一班火车回伦敦这一点?可能你以为我是说真的,但并不是。你注意到马尔特拉瓦斯夫人见到年轻的布莱克时的脸色了吗?她明显大吃一惊,而他——好吧,他非常忠诚,你不这样认为吗?他星期二晚上在这里——马尔特拉瓦斯先生死的前一天。我们必须调查一下布莱克上尉的行动，黑斯廷斯。"

大约过了半小时，我们发现目标正在接近旅馆。波洛走出去和他搭话，不一会儿就把他领到了我们的房间里。

"我跟布莱克上尉说了我们来这儿的任务，"他向我解释道，又转而对布莱克上尉说，"你能理解吧，上尉先生，我希望了解马尔特拉瓦斯先生临死前的心理状态，又不愿问太多令人痛苦的问题，让马尔特拉瓦斯夫人感到过度悲痛。而你正巧在事发前一天在场，能给我们同样有价值的信息。"

"我会尽我所能帮您的，我保证。"这位年轻的军人回答说，"但我没注意到任何异常之处。您知道，尽管马尔特拉瓦斯一家和我家是至交，但我个人对他不太了解。"

"你来到这里——是什么时候？"

"星期二下午。我星期三一大早就进了城，因为船大约十二点从蒂尔伯里驶出。但我得到了一些消息，于是改变了计划。您大概也听见了，就像我跟马尔特拉瓦斯夫人解释的那样。"

"你要回东非去，我听说？"

"是的。我从战争一开始就在那边了，那是一个伟大的国家。"

"果然如此。那么星期二的晚餐上你们谈论了些什么呢？"

"哦，我也说不清楚。就是零零散散的日常话题吧。马尔特拉瓦斯夫妇问候了我们一家人，后来我们讨论了德国赔款的问题，马尔特拉瓦斯先生又问了许多有关东非的问题，我也给他们讲了一两个故事，我想就是这些了。"

"谢谢你。"

波洛沉默了片刻，然后缓缓地说："如果你允许的话，我想做个小试验。你跟我们讲过了全部有意识的自我认知，我现在想考查一下你潜意识的自我。"

"心理分析之类的吗？"布莱克说，能看出他有点紧张。

"哦，不是，"波洛鼓励他说，"你瞧，是这样的，我对你说一个词，你用另一个词作答，以此类推。要你的第一反应，任何词语都行。我们可以开始了吗？"

"可以。"布莱克慢慢地说，不过他表情有点不自然。

"请记下这些词，黑斯廷斯。"波洛说。然后他从兜里掏出怀表样式的大手表，放在桌上他这一侧，"我们开始吧。白天。"

片刻停顿后，布莱克回答说：

"夜晚。"

随着波洛继续进行，他回答得越来越快了。

"名称。"波洛说。

"地点。"

"伯纳德。"

"萧。"

"星期二。"

"晚餐。"

"旅行。"

"船。"

"国家。"

"乌干达。"

"故事。"

"狮子。"

"鸟枪。"

"农场。"

"射击。"

"自杀。"

"大象。"

"象牙。"

"金钱。"

"律师。"

"谢谢你,布莱克上尉。过半小时后我可能需要占用你几分钟时间,可以吗?"

"当然可以。"这位年轻的军人好奇地看着他,擦了下额头站起来。

"那么现在,黑斯廷斯,"波洛关上门后笑着问我,"一切都明白了,不是吗?"

"我没明白你的意思。"

"你从这一系列词语里看不出什么吗?"

我详细查看了一遍,但不得不摇了摇头。

"我来帮帮你吧。首先,布莱克在规定时间限制下回答得不错,没有停顿,因此我们可以认为他没有故意隐瞒。'白天'对'夜晚'和'地点'对'名称'是正常的关联。我从'伯纳德'开始做起了文章,这个词可能暗示出他究竟有没有碰到过当地那位医生。显然他没见过。在我们先前谈话的影响下,他用'晚餐'回应了我说的'星期二',而'旅行'和'国家'对应的则是'船'和'乌干达'。这清楚地表明了去往海外的行程比来这里重要。'故事'让他回想起在晚餐时讲的关于'狮子'的故事。我继续说'鸟枪',他回答了一个完全出乎意料的词'农场'。当我说'射击'时,他马上回答'自杀'。中间的关联似乎变得明朗了。他认识的一个人在农场的某个地方用鸟枪自杀了。记住,他的思维还停留在晚餐时讲的故事上面。我觉得如果我叫布莱克上尉回来，让他重复他星期二晚上在餐桌上讲的那个自杀的故事，你就会认可我描绘得比较接近实际情况了。"

布莱克在这个问题上表现得足够坦承。

"是的，仔细想来，我是跟他们讲过那个故事。有个小伙子在农场举枪自尽了。用鸟枪打的，穿过上腭，子弹留在了脑袋里。医生们一直苦苦思索——死者除了嘴唇上有点血迹之外没有表现出其他异样。但是怎么——"

"怎么和马尔特拉瓦斯先生的事有关系吗？你不知道吧，我猜，他被发现时旁边有把鸟枪。"

"您是说我的故事促使他——哦，这可太吓人了！"

"别自寻苦恼了——也许是这样，也许有其他可能。嗯，我必须给伦敦打个电话。"

波洛打了很长时间的电话，然后若有所思地回来了。下午他撇开我，独自出去了，直到晚上七点钟才回来，叫嚷着不能再拖延下去了，必须把消息告诉那位年轻的寡妇。我对她的同情心又不自觉地泛滥起来。她身无分文，又发现丈夫为了确保她将来的生活而自杀，这对任何女人来说都是难以承受之重。然而我私下里抱有希望，那个年轻的布莱克也许可以在她悲痛初期过后安抚好她。显然他对她非常仰慕。

我们拜访这位女士的过程可真是痛苦。她强烈拒绝接受波洛摆出的事实，最后当她终于相信时痛哭流涕。尸检也证实了我们的怀疑。波洛对这位可怜的女士表示非常抱歉，但他毕竟受雇于保险公司，又能如何？当他准备离开时，轻轻地对马尔特拉瓦斯夫人说：

"夫人，你应该比任何人都更懂得死亡是不存在的吧！"

"您是什么意思？"她结结巴巴地说，眼睛睁得老大。

"你从没参加过任何降神术的集会吗？你是信通灵的，对吧。"

"我的确听人说过通灵的事。但您是不信降神术的，没错吧？"

"夫人，我见过一些稀奇古怪的事。你知道他们说村庄里这所房子闹鬼吧？"

她点头，此时女仆通报说晚餐准备好了。

"你们何不留下来吃些东西呢？"

我们欣然接受了，我感觉我们的存在虽然没能使她完全远离悲伤，但还是能帮她分散一点注意力。

我们刚喝完汤，这时从门外传来一声尖叫，还有打碎餐具的声音。女仆站在那儿，手放在胸前。

"有个人站在走廊里。"

波洛冲了出去，很快又回来。

"没有人啊。"

"没人吗，先生？"女仆有气无力地说，"哦，真是吓我一跳！"

"怎么回事？"

她声音低得都快听不见了。

"我以为……我以为是主人……看起来像他。"

我看见马尔特拉瓦斯夫人吓得不轻，又联想到了古老的迷信中讲过，自杀的人是不会安息的。我相信她也想到了这点。过了一会儿，她抓住波洛的胳膊尖叫起来。

"您听到声音了吗？敲了三下窗户？他经过房子时总是像这样敲。"

"常春藤，"我叫道，"是常春藤碰到了窗格。"

不过我们都感觉有点恐怖。女仆明显紧张不安，吃完饭后马尔特拉瓦斯夫人恳求波洛不要马上离去。无疑，她非常害怕独自一人留下来。我们坐在那间小晨房里，风刮起来了，阴森森地绕着房子呼啸不已。门闩有两次被吹掉了，门被缓慢地吹开，每次她都吓得喘着粗气，紧靠向我。

"啊，这门，它被施了魔法！"波洛终于怒吼起来。他站起来再一次关上门，然后插入钥匙在锁眼里转动。"我把它锁上，像这样！"

"别那么做，"她气喘吁吁地说，"假如现在门打开了的话——"

话音刚落，就发生了不可能的事。上了锁的门晃晃悠悠地慢慢打开了。从我坐的位置看不见走廊，但她和波洛正面对走廊。她转向波洛的同时长声尖叫起来。

"您看见他——在走廊里了吗？"她大声说。

他盯着她那张茫然的脸，接着摇了摇头。

"我看见他了——我丈夫——您也一定看见了吧？"

"夫人，我什么也没看见。你身体不舒服吧？精神太紧张了……"

"我好得很，我——哦，上帝！"

突然，灯毫无征兆地晃动着熄灭了。黑暗之中传来三下很响的敲击声。我能听见马尔特拉瓦斯夫人在呻吟。

然后——我看到了！

先前我们在楼上的卧床上见到过的那个人站在走廊里，闪烁着幽灵般模糊的光亮。他嘴唇上有血，伸出右手向前指着。突然手里好像发出一束亮光。这束光越过波洛和我，落在马尔特拉瓦斯夫人身上。我看到她吓得发白的脸，还有其他什么东西！

"我的天哪,波洛!"我叫道,"看她的手,她的右手。全都红了!"

她自己看了看,瞬间瘫倒在地板上。

"血,"她歇斯底里地叫起来,"没错,是血。我杀了他。是我干的。他演示给我看,于是我就把手放在扳机上按下了它。从他手里救救我——救救我吧!他回来了!"

她呜咽的声音越来越微弱。

"开灯。"波洛立刻说。

灯不可思议地亮了起来。

"就是这样,"他继续说,"你听到了吧,黑斯廷斯?还有你呢,埃弗雷特?哦,顺便说下,这位是埃弗雷特先生,一名戏剧业里相当出色的演员。我下午给他打的电话。他妆化得不错,不是吗?太像死者了,他用袖珍手电筒和必要的磷光制造出所需的效果。如果我是你,就不会去碰她的右手,黑斯廷斯。是用红色颜料涂成那样的。灯光熄灭时我握住了她的手,你瞧。顺便说下,我们千万别误了火车。贾普督察在窗外呢。一个糟糕的夜晚——不过他可以时不时地用敲打窗户的方式来打发时间。"

"你看,"我们疾速在风雨中穿行时,波洛接着说,"其中有一点矛盾的地方。医生似乎认为死者是基督教科学派的成员,而除了马尔特拉瓦斯夫人,还有谁能够给他留下这种印象呢?但是她告诉我们,马尔特拉瓦斯先生一直对自己的身体状况忧虑不已。另外,她为什么对年轻人布莱克的出现那么惊讶?最后一点,尽管我知道女人在悼念丈夫时按照惯例要穿着体面一点,但眼皮上的胭脂红涂得那么重,我总不能毫不在意吧!你没观察到这些吧,黑斯廷斯?没有吗?就像我总跟你讲的,你对什么都视而不见!"

"嗯，就是如此。有两种可能。布莱克的故事是给了马尔特拉瓦斯先生启发，想到了独创性的自杀方法呢，还是让其他听众，比如妻子，发现了一种同样具有独创性的谋杀方法呢？我倾向于后一种观点。用这种方法自杀，他很可能不得不用脚趾扣动扳机——或者至少我是这么想的。这样一来，我们几乎一定会听说马尔特拉瓦斯被发现时一只靴子没穿在脚上。像这种奇怪的细节人是不会忘记的。

"不，如我所说，我倾向于认为这是一起谋杀案，而不是自杀，但我发现我的说法没有证据支撑。因此今晚你看到了那出精心策划的小型喜剧。"

"直到现在我还是没有完全明白行凶的来龙去脉。"我说。

"让我们从头说起吧。有位狡猾又精明的女性了解到她丈夫濒临破产，她嫁给他只是为了钱，并不喜欢这位年老的另一半。她引诱他投了一笔大额人身保险，然后开始琢磨用什么方法能达到自己的目的。她抓住了一个偶然的机会——那位年轻的军人讲了个奇怪的故事。第二天下午，当她以为上尉先生在公海之上了，她就和丈夫在院子周围闲逛。'昨晚讲的故事真够稀奇的！'她说，'人能那样把自己杀死吗？如果可行给我演示一下吧！'那个可怜的傻瓜——他就给她演示了。他把步枪的枪口一端放进嘴里。她弯下腰去，把手指放在扳机上，朝他笑了起来。'那现在，先生，'她用调皮的语气说，'假如我扣动扳机呢？'

"于是——于是，黑斯廷斯——她真的扣动了扳机！"

低价租房奇遇记 ————

1

迄今为止，在我所记录的案件里，不论是谋杀还是盗窃，波洛的调查都是从最核心的事实出发，基于此继而进行逻辑推理，最终大获全胜。而我现在要讲述的案件则比较不同寻常，波洛先是注意到了微不足道的事件背后暗藏的危机，然后才将案件圆满解决。

晚上我和一位老朋友——杰拉德·帕克在一起。除了主人和我之外，还有五六个人，话题最终还是转到了在伦敦租房的事。帕克无论在哪儿，迟早都要聊起这个话题。房子和公寓是帕克的特殊爱好。自从战争结束，他就住过至少六座不同的公寓和复式住宅。一旦他在哪儿安顿下来，就会有出乎意料的新发现，然后立即举家搬迁。他还算精明，有商业头脑，搬家几乎总是可以获得一点经济收益，但他完全是出于喜爱才做这种交易，并不指望靠这个赚钱。我们以新手面对专家的态度听帕克讲了一段时间。轮到我们之后，大家七嘴八舌，畅所欲言。最终发言权留给了罗宾逊夫人，她可爱迷人，和新婚的丈夫坐在一起。我之前从没见过他们，因为帕克近来才和罗宾逊熟识。

"说起公寓，"她说，"帕克先生，你听说我们遇到了一件幸运的事吗？我们租了一间公寓——终于！在蒙塔古大厦。"

"哦，"帕克说，"我常说那边有很多公寓，但价格偏高！"

"是的，可这间不贵。特别便宜。八十英镑一年！"

"但——但是蒙塔古大厦在骑士桥①旁边,对吧?一座气派的大楼。还是你说的是在贫民窟的哪个地方,仅仅是重名?"

"不,就是骑士桥的那个。正因为如此才不可思议呢。"

"真是不可思议!简直是个奇迹啊。不过这里面一定有圈套。我猜有一大笔保险费吧?"

"没有保险费!"

"没有保险——哦,谁来扶我一下!"帕克呻吟道。

"不过我们得自己买家具。"罗宾逊夫人接着说。

"啊!"帕克气呼呼地说,"我就知道这里面有猫腻!"

"用五十镑就能布置得漂漂亮亮了!"

"我真服了,"帕克说,"现在的房主们一定是乐善好施的疯子。"

罗宾逊夫人看起来有点困惑。双眉微蹙。

"有点奇怪,不是吗?你觉不觉得那个……那个……那个地方闹鬼?"

"从来没听说过公寓闹鬼。"帕克果断地说。

"不——哦。"罗宾逊夫人将信将疑地说,"不过有好几件事都让我感到……嗯,奇怪。"

"比如——"我提示说。

"啊,"帕克说,"这引起了我们破案专家的注意!向他吐露心事吧,罗宾逊夫人。黑斯廷斯可是个解谜高手啊。"

我笑了,有点尴尬,但并没有对这个强加于我的角色感到生气。

"嗯,也算不上奇怪,黑斯廷斯上尉,但是我们找到中介斯

---

①骑士桥:伦敦市中心西部的一条街道。

托瑟和保罗的时候——我们之前没有找过他们,因为他们手上都是梅菲尔区[1]的昂贵公寓,不过一想反正又没什么坏处。他们提供的公寓租金都是四百到五百镑一年,或是有其他高额保险费。就在我们要离开时,他们提到有一间八十的,但不确定我们是否还有必要去看,因为那一间在名录上有段时间了,他们带许多人去看过房,几乎可以肯定有人订了——'被人抢先了'销售员是这么说的——只是租客懒得告知他们,所以他们也继续带人去看,但如果你去看的房子已经被租出去一段时间了,你可能会生气。"

罗宾逊夫人停下来,看起来需要喘口气,然后她继续说:

"我们谢过他,心里非常清楚再去看可能没什么用,但是仍然想去看看——万一有戏呢。我们立刻乘坐出租车去那里,毕竟夜长梦多。四号在三层,就在我们等电梯的时候,埃尔西·弗格森——她是我的一个朋友,黑斯廷斯上尉,他们也在找房子——正匆忙下楼。'这次赶在你前面了呢,亲爱的,'她说,'但没用。已经租出去了。'看似没戏了,然而……呃,正如约翰所说,那地方非常便宜,再贵一点我们也能承受,或许可以额外多加点钱租过来。当然,我都不好意思跟您说这种事,但是您知道找房子就是这样。"

我向她保证,我非常理解在为住处奋斗的过程中,人性卑劣的一面经常战胜高尚的一面,这种情况下自相残杀是很常见的。

"于是我们上去了,难以置信的是,那间公寓根本没租出去。女佣带着我们参观,并与女主人见面,这件事当场就定了。即刻入住并花五十镑买家具。第二天签了协议,明天就要搬进去

---

[1] 梅菲尔区:英国贵族住宅区。

了!"罗宾逊夫人扬扬得意地说到这儿便停了下来。

"那弗格森夫人是怎么回事呢?"帕克问,"让我们听听你的推理吧,黑斯廷斯。"

"'明摆着的,我亲爱的华生,'[①]"我轻松地模仿着,"她走错了房间。"

"哦,黑斯廷斯上尉,您太聪明了!"罗宾逊夫人钦佩地大声说道。

我真希望波洛在这儿。有时我感觉他真是低估了我的能力。

2

整件事相当有趣,第二天早晨我把这件事当作模拟题说给波洛。他似乎很感兴趣,特别细致地问了我一些问题,比如几个聚居地的房租价格。

"是件怪事,"他若有所思地说,"不好意思,黑斯廷斯,我必须出去转转。"

他大约是一小时以后回来的,眼中闪烁着异常兴奋的光芒。他把手杖靠在桌边,然后像平时那样在说话之前先精心梳理帽子上的细绒毛。

"我的朋友,此刻我们手上也没什么事。可以全身心投入到当前的调查中了。"

"什么调查?"

"你朋友,罗宾逊夫人那套明显便宜太多的新公寓。"

"波洛,你不是在开玩笑吧!"

[①]这里黑斯廷斯有意模仿大侦探歇洛克·福尔摩斯的口吻。

"我再严肃不过了。你想象一下,我的朋友,那些公寓实际上租金要三百五十镑。我才从房产中介那里确认过。可是这间特殊的公寓八十镑就租了!为什么?"

"一定是有什么问题。也许像罗宾逊夫人说的,房子闹鬼。"

波洛不以为然地摇了摇头。

"还有一点也很奇怪,她朋友告诉她租出去了,而她上楼去看,根本就没租出去!"

"你肯定同意我的观点吧,那个女人一定是走错了公寓。只有这种解释说得通。"

"在这点上你可能是对的,也可能不对,黑斯廷斯。事实上有许多其他想租房的人被带去看房,然而尽管房租如此便宜,罗宾逊夫人去的时候那套房却仍在对外出租。"

"说明其中必定有蹊跷。"

"罗宾逊夫人似乎没发现有什么毛病。非常离奇,不是吗?她给你的印象是个诚实的女人吧,黑斯廷斯?"

"她是个很可爱的人!"

"显而易见!既然她给你这种印象,你就没法回答我的问题了。那给我形容一下她吧。"

"嗯,她身材高挑,皮肤白皙;头发是渐变的红色,非常漂亮——"

"你总是喜欢红色的头发!"波洛低声抱怨,"不过继续说吧。"

"蓝眼睛,气色非常不错,还有……呃,我想就这些吧。"我笨拙地总结道。

"那她丈夫呢?"

"哦,他是个相当不错的小伙子。没什么特别的。"

"皮肤黑还是白?"

"我说不好,介于两者之间,只是张大众化的脸而已。"

波洛点了点头。

"没错,这样的普通人有许许多多。不管怎样,你在对女人的描述里夹杂了更多的同情和欣赏。你对这些人还有什么了解吗?帕克跟他们熟吗?"

"他们是最近才熟识的,据我所知。不过当然,波洛,你该不会认为——"

波洛抬起头。

"慢慢来,我的朋友。我说什么了吗?我只说了——是件怪事。而又没有什么能解释得了;此外也许你能告诉我那位女士的名字,嗯,黑斯廷斯?"

"她叫斯黛拉,"我生硬地说,"但我不觉得——"

波洛一声大笑打断了我。好像有什么事引起了他极大的兴趣。

"斯黛拉的意思是星星[①],不是吗?太好了!"

"什么——?"

"而星星会发光!就是这样!冷静下来,黑斯廷斯。别摆出一副伤了自尊心的架势。走吧,我们去蒙塔古大厦做一番调查。"

我倒很乐意陪他一起去。大厦是座雄伟的建筑,修建得极为华丽。一位身穿制服的门卫正在门前晒太阳,波洛上去向他打听。

"打扰了,请问罗宾逊夫妇住在这儿吗?"

门卫是个沉默寡言的人,而且似乎心有不悦或是略有疑虑。

"三层四号。"

---

①斯黛拉(Stella)在英语里也有"星星"的意思。

"谢谢你。能告诉我他们在这儿住了多久吗?"

"六个月。"

我吃惊之中抢上前一步,这时发现波洛在不怀好意地笑。

"不可能啊,"我大声说,"你一定是搞错了。"

"六个月。"

"你确定?我说的那位女士身材高挑,皮肤白皙,红色长发,而且——"

"就是她,"门卫说,"他们是米迦勒节①期间搬来的。就是六个月前。"

他似乎对我们失去了兴趣,慢慢退回到大厅里去。我和波洛在外面。

"看到了吧,黑斯廷斯?"我的朋友狡猾地问我,"现在你更相信可爱的女人总是说真话了吧?"

我没回答他。

我还没问波洛打算怎么办或者去哪儿,他就转身走向了布朗普顿路。

"去找房屋中介,黑斯廷斯。我很想在蒙塔古大厦租一间公寓。假如我没弄错的话,过不了多久那儿就会发生几件有趣的事。"

我们找房非常幸运。五层八号带家具租金是十几尼②每周,波洛立即租了一个月。我们来到了街上,他根本不允许我反对:

"我现在挣着钱!为什么不能一时放纵一下?顺便问一句,黑斯廷斯,你有左轮手枪吗?"

"有,在什么地方放着呢,"我略显兴奋地回答,"你认

---

① 米迦勒节:基督教节日,纪念天使长米迦勒,在英国定在每年的九月二十九日。
② 几尼:又称畿尼,一畿尼为二十一先令。

为——"

"你会需要它吗？很有可能。这个想法让你很高兴，看得出来。惊险和浪漫总是能够吸引你。"

第二天我们搬进了这个临时的家。这间公寓布置得很舒适。它在大楼里的位置与罗宾逊一家相同，只是高了两层而已。

我们搬进去的那天是个星期日。下午，波洛半开着前门，这时从楼下某个地方传来一声巨响，他急忙叫我过去。

"去楼梯扶手那看看。那是你朋友吗？不要让他们看到你。"

我伸着脖子往楼梯那边看。

"是他们。"我语无伦次地小声说。

"好。等一会儿。"

大概过了半个小时，出现了一个年轻女人，身穿五颜六色的艳丽服装。波洛满意地感叹了一声，踮着脚回到公寓里。

"没错。男主人、女主人和女仆相继离开了。那间公寓现在应该是空无一人。"

"我们要怎么做呢？"我不安地问道。

波洛快速小跑到洗涤室里，拼命拉运煤升降机的绳子。

"我们要用运垃圾的方法到下面去，"他高兴地说，"没人会注意到我们。周日的音乐会，周日'午后外出'，还有周日晚餐后的周日小憩——这就是英国人——他们把精力都灌注在这些事上面，不会注意到赫尔克里·波洛的动作。走吧，我的朋友。"

他走进这个做工粗糙的木质装置里，我小心翼翼地跟着他。

"我们是要私闯民宅吗？"我心怀疑虑地问道。

波洛的回答没法让我放心。

"今天不见得是。"他回答说。

我们拉着绳子缓缓下降到三楼。波洛发出一声满意的感叹，因为他看到通往洗涤室的木门正开着。

"你看到没？白天他们从来都不锁门。任何人都能像我们这样爬上爬下。晚上会上锁——虽然有时也不会——我们要做好准备。"

他边说边从兜里掏出工具，立即熟练地干起活来，他要把门闩放置好，让门能从里面被打开。这步操作只用了三分钟左右。然后波洛把工具揣回兜里，我们就又爬回了上面。

3

星期一，波洛全天都在外面，他晚上回来便一屁股坐在椅子上，发出心满意足的感叹声。

"黑斯廷斯，我给你讲一小段历史怎么样？一个让你称心如意的故事，会使你想起最喜欢的电影。"

"讲吧，"我笑了，"我权当是个真实的故事，而不是你臆想的结果。"

"绝对是真的。苏格兰场的贾普督察能证明这件事的准确性，因为我是在他的热心帮助下才得知的。听着，黑斯廷斯。半年多一点之前，美国政府部门几份重要的海军规划图失窃了。上面标有一些港口防御的重要位置，对任何外国政府——比如日本——来说都值一笔数目相当可观的金额。警方盯上一个叫路易·瓦尔达诺的年轻男子，他是意大利人，在那个部门担任副手，并且在文件失窃的同时下落不明。不管路易·瓦尔达诺是不是贼，两天后他在纽约东部的贫民区被枪杀了。文件没在他身上。此前一段时间，路易·瓦尔达诺与一位音乐会上的年轻歌唱家埃尔莎·哈特小姐有联系。她是最近才出现的，和哥哥住在华盛顿的一套公寓里。人们对于埃尔莎·哈特小姐的来历一无所知,而她在瓦尔达诺死后就突然消失了。有人认为她实际上是一名老练的国际间谍,用多个化名干过不少邪恶的勾当。美国特勤局在尽全力追捕她,也在密切监视着几个住在华盛顿的无关紧要的日本男人。他们相当确定,埃尔莎·哈特彻底销声匿迹之后会去找那几个男的。他们中的一人两周前突然离开美国到英国来了。因此从表面上看,埃尔莎·哈特似乎是在英国。"波洛停顿了一下,接着又不紧不慢地补充道,"官方对埃尔莎·哈特的描述是:身高五英尺七英寸,蓝眼睛,红色头发,白皮肤,鼻梁笔直,没有其他特殊辨识特征。"

"罗宾逊夫人!"我大口喘着气说。

"嗯,总之有这可能,"波洛补充道,"据我所知,还有个黑皮肤男人,是个外国人,今天早上在打探四号的住户。因此,我的朋友,估计你今晚没法睡个好觉了,整晚和我一起监视下面那间公寓吧——毫无疑问,得带上你那把引以为傲的手枪!"

"当然,"我满腔热情地大声说,"我们什么时候开始?"

"午夜时分一片漆黑,我想再合适不过了。在那之前什么都不会发生。"

就在十二点整时,我们蹑手蹑脚地走进运煤的升降机,下到三楼。木门被波洛做过手脚,往里推一下就开了。我们钻进公寓,从洗涤室走进厨房,安安稳稳地坐在两把椅子上,半开着通往客厅的门。

"现在咱们要做的就是守株待兔。"波洛闭上眼睛,心满意足地说。

我只觉得等待仿佛漫无止境。我担心自己会睡着。正当我感觉好像等了八个小时的时候(后来我才知道,实际上只过了一小时二十分钟），听到了轻微的摩擦声。波洛用手碰了碰我。我站起身，然后两人一起朝客厅方向小心翼翼地挪动。声音是从那边传来的。波洛把嘴凑到我耳边。

"在前门外面。他们正在撬锁。听我下口令，从后面动手并迅速按住他，在那之前别行动。小心点，他可能拿着刀。"

不一会儿听到锁被撬开的声音，一小圈光从门那边透过来。马上又熄灭了，接着门慢慢打开。波洛和我紧紧靠着墙。我听见一个人的呼吸声就从我们旁边掠过。然后这个人打开手电筒，他刚一打开，波洛就在我耳边说：

"动手。"

我们一起跳过去，波洛迅速用一条轻质羊毛围巾罩住这名入侵者的头，同时我按住他的胳膊。整件事做得干净利落、悄无声息。我从他手里抢过一把匕首，波洛把围巾从他眼睛上往下拽，紧紧勒在嘴上，他看见我猛地拔出手枪，才明白反抗是徒劳的。当他不再挣扎后，波洛把嘴凑到他耳边开始疾速耳语。过了一会儿这个人点点头。波洛做了个手势示意保持安静，带头走出公寓，下了楼。抓到的俘虏走在中间，我拿着手枪断后。当我们走到街上时，波洛转身朝我说。

"有辆出租车正好在街角等着。把手枪给我。我们现在用不到它。"

"但是万一这家伙要逃跑呢？"

波洛一笑。

"他不会的。"

不一会儿，我坐着那辆等候的出租车回来。围巾已经从这个陌生人脸上解下来了，我大吃一惊。

"他不是日本人。"我急忙小声对波洛说。

"观察一向是你的强项,黑斯廷斯!什么都瞒不过你。是的,这个人不是日本人。他是意大利人。"

我们坐上出租车,波洛给了司机一个在圣约翰伍德的地址。直到现在我还是一头雾水。我不想当着俘虏的面问波洛打算去哪儿,想尽力知道些行动的线索也是徒劳无功。

车停在离马路有点远的一座小房子门前。一个归来的徒步旅行者喝得微醺,在人行道上左摇右晃,差一点儿就要撞上波洛。波洛斥责了他一句什么,我没听清。我们三个人走上房前的台阶。波洛按响门铃,用手势示意我们往旁边一点站。没人回应,他又按了按铃,接着又反复猛按了几分钟。

忽然楣窗里亮起灯来,有人小心翼翼地把门打开一条缝。

"你到底要干什么?"一个男人粗鲁地问道。

"我要找医生。我妻子生病了。"

"这里没有医生。"

这人正准备关上门,波洛却敏捷地伸出脚挡住门。他突然摇身一变,成了一个怒火中烧的法国人。

"你说什么,没有医生?我要告你。你必须来!我整个晚上都会在这里按铃敲门。"

"尊敬的先生——"门又打开了,那个人穿着睡袍和拖鞋,不安地往四周瞟了瞟,走上前让波洛平静下来。

"我要报警了。"

波洛准备走下台阶。

"不,看在上帝的分上别那么做!"这个人冲向波洛。

波洛灵巧地一推,把那人推得一个趔趄,摔下台阶。转眼间我们三个冲进去,并把门关上闩好。

"快点——进来。"波洛一边带头走进最近的房间,一边打开灯,"你——躲到窗帘后面。"

"是,先生。"那个意大利人说着,快速溜到垂在窗前的玫瑰色天鹅绒窗帘后面。

他刚躲起来没过一会儿,一个女人就冲进房间来。她身材高挑,留着红色头发,苗条的身上穿着一件绯红色的和服。

"我丈夫呢?"她喊道,并用惊恐的眼神飞速扫视四周,"你们是谁?"

波洛向前一步,微微鞠了一躬。

"希望你丈夫不会因为寒冷而受苦。我看到他脚上穿着拖鞋,而他的睡衣是保暖型的。"

"你们是谁?在我家里做什么?"

"我们的确都不认识你,夫人。尤其是考虑到我们中还有人为了见你,专程从纽约赶过来。"

窗帘分开,那个意大利人走了出来。让我大吃一惊的是,他正挥动着我那把手枪,一定是波洛坐出租车时大意了。

那个女人大声尖叫,转身想要逃跑,但是被波洛挡在了已经关上的门前。

"让我过去,"她尖叫着,"他会杀了我的。"

"路易·瓦尔达诺是谁杀死的?"意大利人声音嘶哑地问道,拿手枪朝在场每个人比画着。我们不敢轻举妄动。

"我的天,波洛,太糟糕了。咱们该怎么办?"我叫道。

"如果你不这么多话我就谢天谢地了,黑斯廷斯。我向你保证,除非我下令,否则咱们的朋友是不会开枪的。"

"你那么有把握,嗯?"意大利人斜着眼睛生气地说。

我可没把握,而那个女人倏地转身朝向波洛。

"你想要什么?"

波洛点了点头。

"我认为没必要告诉埃尔莎·哈特小姐,否则是在侮辱她的智商。"

那个女人飞快地走过去,抓起一只大黑猫形状的毛绒电话机罩。

"它们缝在内衬里。"

"真聪明,"波洛低声赞许道。他从门口让开,"晚安,夫人。你走吧,不过从纽约来的朋友还得留一会儿。"

"真是傻瓜!"强壮的意大利人怒吼着,举起手枪直接朝女人撤退的方向射击,我当即向他扑了过去。

然而手枪仅仅咔嗒响了一声,并没伤害到人,波洛提高嗓音,略带责备。

"你从来不相信你的老朋友,黑斯廷斯。我不介意我的朋友拿着上了膛的手枪,但绝不允许一面之交的人也那么做。不,不,我的朋友。"转而又对正在嘶嘶咒骂的意大利人用微微谴责的语气说道:"瞧瞧,我帮了你多少。我从绞刑架上把你给救下来了。不要以为我们那位美女会跑掉。不,不,这栋房子前前后后都被监视了。他们将直接落入警察之手。这难道不是个出色而值得宽慰的想法吗?好了,你现在可以离开房间了。但是要小心——要特别小心。我——啊,他走了!而我朋友黑斯廷斯正用责备的眼光看着我。然而这一切是多么简单啊!从一开始就一目了然,蒙塔古大厦四号有上百个来看房的人,只有罗宾逊夫妇被挑中了。为什么?是什么让他们脱颖而出?是外表吗?有可能,但外表没什么突出的。那么就是他们的名字了!"

"但是罗宾逊这个姓氏也没什么稀奇的吧。"我大声说,"是个相当普通的姓氏。"

"啊！见鬼，但恰恰如此！问题就出在这儿。埃尔莎和她的丈夫也好，哥哥也好，不管是什么人，从纽约过来，以罗宾逊先生和夫人的名义租了一间公寓。突然他们听说黑手党，或是克莫拉①正在追杀他们，无疑就是路易·瓦尔达诺所在的帮会。他们要怎么办？有人无意中想到了一个简单易行的方案。他们显然知道追杀而来的人并不知道两人中任何一个的长相。那么，是不是更简单了？他们以非常离谱的低价出租公寓。在伦敦成千上万对找房的年轻夫妇里，找到几个姓罗宾逊的不费劲。这只是时间问题。假如你翻开电话簿看看罗宾逊这个姓，就会发现一个红发的罗宾逊夫人早晚必定会出现。接下来会发生什么？仇家找来了。他知道名字，知道地址。动手了！大功告成，仇家如愿以偿，而埃尔莎·哈特小姐再次躲过一劫。顺便提一句，黑斯廷斯，你一定要带我见见真正的罗宾逊夫人——那位既可爱又诚实的人！当他们发现有人闯入公寓时会怎么想啊！我们得赶快回去。啊，听上去像是贾普和他的朋友们来了。"

一阵敲门声咚咚作响。

"你是怎么知道这个地方的？"我跟着波洛出来，走到门厅时问他，"哦，一定是先出现的那个罗宾逊夫人一离开另一间公寓，你就跟踪她了。"

"真棒，黑斯廷斯。你终于用了你的小灰细胞。现在来给贾普一点惊喜吧。"

他轻轻拨开门闩，把毛绒猫的脑袋从门缝里塞出去，发出了一声刺耳的"喵"。

苏格兰场的督察和另一个人站在门外，不禁吓了一跳。

---

①克莫拉：类似黑手党的秘密社团，是意大利最古老的有组织犯罪团体。

"哦，只不过是波洛先生开的一个小玩笑罢了！"他解释道，波洛的头从那只猫后面露出来，"我们进去吧，先生们。"

"我们的朋友们平安无事吧？"

"是的，直接束手就擒。但东西不在他们身上。"

"我明白了。所以你们得进来搜查。嗯，我和黑斯廷斯正要离开这儿，不过我本想给你们讲讲家猫的历史和习性呢。"

"看在上帝的分上，难道你彻底疯了吗？"

"猫，"波洛开始高谈阔论，"被古埃及人奉为神明。即使在当今，如果有只黑猫从你跟前经过，仍会被当作好运的象征。这只猫今晚出现在你面前了，贾普。我知道，在英国谈论动物或人的内部构造是不礼貌的。不过这只猫的内部可是无比精致。我指的是内衬。"

旁边那个人突然嘟哝了一声，从波洛手里抓过那只猫来。

"哦，我忘了给你介绍，"贾普说，"波洛先生，这位是美国特勤局的伯特先生。"

这位美国人用训练有素的手指摸到他要找的东西了。他伸出手，一时间目瞪口呆。接着便应对自如。

"很高兴见到你们。"伯特先生说。

狩猎者小屋的秘密

1

"终究,"波洛小声说,"这一次我可能会死里逃生。"

这句话从一个流感刚刚康复的病人口中说出,我权当是源自有益身心健康的乐观主义精神。不久前我生了病,现在轮到波洛一病不起。此刻他坐在床上,靠着枕头,用羊毛围巾包住头,慢慢啜饮着恐怖的草药茶,这是我遵照他的指示准备的。他目光欣然落在壁炉台上,那里摆着一排带刻度的药瓶。

"是的,是的,"我的小个子朋友接着说,"让我再一次做回自己吧,伟大的赫尔克里·波洛,坏人们的克星!你想象一下吧,我的朋友,《社交圈八卦》里有一小段是写我的。没错!是这么写的:'加油啊——不法之徒——竭尽所能吧!赫尔克里·波洛——相信我,姑娘们,他是相当了不起的大力神!——我们可爱的大众侦探管不了你们了。为什么?因为他自己得了流感'!"

我笑了。

"真是了不起,波洛。你成了备受关注的公众人物。幸好这段时间你没错过什么特别有趣的事。"

"的确如此。我不得不婉拒几个案子,但是并不后悔。"

我们的女房东在门口探进头来。

"楼下有位先生。他说一定要见波洛先生或是您,上尉。看起来他是有要紧事——那么的绅士——我拿了他的名片上来。"

她递给我一张名片。"罗杰·哈弗林先生。"我念道。

波洛朝书架扭了扭头，我心领神会地抽出第四本《名人录》。波洛从我手中接过，飞快地浏览着书页。

"温莎男爵五世的二儿子。一九一三年娶了威廉·克莱布的四女儿佐伊。"

"嗯！"我说，"真没想到是演过《轻浮》的姑娘，不过她自称是佐伊·卡里斯布鲁克。我听说她在战前嫁给了一个城里的年轻人。"

"黑斯廷斯，你愿意下去听听我们的来访者有什么特别的小麻烦吗？向他表达我由衷的歉意。"

罗杰·哈弗林四十岁上下，体格健壮，外表精明。然而他面容憔悴，显然陷于极度烦恼之中。

"是黑斯廷斯上尉吗？我知道您是波洛先生的搭档。他今天得跟我去趟德比郡，事关重大。"

"恐怕不行，"我回答说，"波洛正卧病在床呢，他得了流感。"

他脸色一沉。

"这真是个沉重的打击。"

"你要找他商量的事很严重吗？"

"天哪，没错！我的舅舅——我在这世上最好的朋友——被人无耻地杀害了。"

"在伦敦吗？"

"不，是在德比郡。我今天早上在城里接到了妻子的电报。接到消息后，我当即决定过来拜访，请波洛先生帮忙查查这个案子。"

"请稍等我一会儿。"我说道，心中突然闪现了一个想法。

我跑上楼，用三言两语向波洛叙述了情况。他从我的嘴里把话都问清楚了。

"我明白，我明白了。你想自己去，不是吗？哦，为什么不呢？你现在应该了解我的方法了。我只需要你每天详细向我汇报，并按我暗中电传的指示去做。"

我欣然应允。

2

一个小时后，我在中部列车的一等车厢里与哈弗林先生相对而坐。火车飞速驶离伦敦。

"黑斯廷斯上尉，首先要跟您说清楚，我们要去的那个发生惨剧的狩猎者小屋，只是德比郡荒野中间的一所狩猎小屋。实际上我们一家人住在纽马克特①附近，这个季节通常会在镇上租一所公寓。狩猎者小屋由女管家照料，我们周末偶尔过去，而她能把所需的一切都安排妥当。当然，在狩猎季节，我们会从纽马克特带几个自己的仆人去。我的舅舅哈林顿·佩斯先生（您可能知道，我母亲是纽约的佩斯夫人）最近三年和我们住在一起。他向来与我父亲和大哥相处不来，我怀疑我的几分浪子性格使他对我的喜爱有增无减。当然我是个穷人，而我舅舅有钱——换句话说，由他来买单！虽说他在许多方面较为苛刻，但还没那么难以相处，我们三个人生活在一起还算融洽。两天前，我舅舅对近来在城里的欢快生活感到厌倦，提议到德比郡待上一两天。我妻子给女管家米德尔顿太太发了电报，一家人当天下午就过去了。昨晚我被叫回城里，我妻子和舅舅还留在那边。今天早上我收到了

---

①纽马克特：英国英格兰东南部城镇，著名的赛马中心。

这封电报。"他把电报递给我：

速回，哈林顿舅舅昨晚遇害，可能的话带名侦探来，务必来——佐伊。

"这么说，你到现在还不了解细节？"
"是的，我想晚报上会刊登吧。警察肯定会过问的。"
我们抵达埃尔默戴尔站时大约是三点钟。驱车五英里后，来到了一座不大的灰色石屋前，它坐落在崎岖不平的荒野中。
"地处荒凉。"我边看边打了个寒战。
哈弗林点点头。
"我要尽量忘掉它。再也不能在这儿住了。"
我们打开大门，沿着小路走向橡木门，这时一个熟悉的身影出现在眼前。
"贾普！"我脱口而出。
在招呼我的同伴之前，这位苏格兰场的督察先朝我友好地笑了笑。
"哈弗林先生，我想没认错吧？我从伦敦被派到这里调查这个案子。如果可以的话，先生，我想跟你了解一下情况。"
"我妻子——"
"你夫人挺好，我见过了，先生——还有女管家。这里该看的我都看过了，不会耽误你太久，我也着急回村里。"
"我到现在还什么都不知道呢——"
"没错，"贾普缓缓地说，"不过我仍然有一两个问题，需要听听你的想法。这位黑斯廷斯上尉，他了解我，他会去屋子里告诉他们你这就来。黑斯廷斯，顺便问下，怎么没见你们那位小个子?"

"他得了流感,躺在床上呢。"

"他这会儿病了?听到这个消息真难过。你没了他就像马车没了马一样,不是吗?"

我没理他这个不合时宜的玩笑,朝屋子走去。因为贾普随手把门关上了,所以我又按响门铃。过了一会儿,一位穿黑衣服的中年妇女给我开了门。

"哈弗林先生这就过来,"我解释道,"他被督察叫住了。我是跟他从伦敦过来调查这起案子的。或许你可以简要跟我说说昨晚发生的事。"

"进来吧,先生。"她关上了我身后的门,我们站在灯光昏暗的门厅里。"昨天晚饭后,先生,一个男人来了。他要见佩斯先生,我听他们口音相同,还以为是佩斯先生的美国朋友。我就把他带到了枪械室,然后去通报佩斯先生。当然,我现在回想起来,他不愿透露姓名,的确有点奇怪。我告诉了佩斯先生,他似乎也摸不着头脑,不过还是对女主人说:'不好意思,佐伊,我去看看这家伙想干什么。'他走出去,来到枪械室,而我回到厨房,但过了一会儿我听见了很大的声音,他们像是在吵架,我走进了门厅。与此同时,女主人也过来了,就在这时我听到一声枪响,接着是死一般的寂静。我们一起跑向枪械室,但门被锁住了,我们不得不绕到窗户那边。窗户开着,往里面看到的是佩斯先生,中了枪,满身是血。"

"那个人怎样了?"

"先生,他一定是在我们到达之前就夺窗而逃了。"

"然后呢?"

"哈弗林夫人让我去报警。走过去要五英里。警察和我一起回来,警员守了一整晚,今天早上那位伦敦的警察先生来了。"

"那位要见佩斯先生的男人长什么样?"

女管家想了想。

"他留着黑胡须,先生,中年人的样子,身穿浅色外套。除了口音像美国人以外,我没注意到太多别的特征。"

"我了解了。请问能否让我见见哈弗林夫人?"

"她在楼上,先生。我去叫她?"

"如果可以的话麻烦你叫下吧。跟她说哈弗林先生和贾普督察在外面,那位跟他从伦敦来的先生想尽快和她聊聊。"

"好的,先生。"

我想弄清真相,都快等不及了。贾普比我早开始两三个小时,他马上要回去,我不想被他落下。

哈弗林夫人没有让我等太久。过了几分钟,我听到一阵轻盈的脚步声走下楼,抬头看见了一位非常漂亮的年轻女子朝我走来。她穿着一件鲜艳的针织套衫,勾勒出她那如少年般纤细的身姿。乌黑的头发上戴着一顶艳丽的小皮帽。即便眼下发生了惨剧也掩盖不住她个性中的活力。

我做了自我介绍,她马上点头表示了解。

"当然,我经常听人提起您和您的朋友波洛先生。你们一起解决过很多精彩的案子,对吧?我丈夫真厉害,这么快就请到了您。现在您要问我问题了吧?要想了解这桩可怕的案子,这是最简捷的办法了,不是吗?"

"谢谢你,哈弗林夫人。那个男人是什么时候到的?"

"肯定是在九点钟之前。我们吃过了晚饭,正坐着喝咖啡或是抽烟。"

"你丈夫已经起身去伦敦了?"

"是的,他是坐六点一刻的火车走的。"

"他是开车还是步行去车站的?"

"我们自己的车没开到这儿来。有人从埃尔默戴尔开车来接他准时上了火车。"

"佩斯先生和平时一样吗?"

"绝对一样。再正常不过了。"

"现在,你能给我描述一下那位来访者吗?"

"恐怕描述不了。我没见到他。米德尔顿太太直接把他带进了枪械室,然后来通报我舅舅。"

"你舅舅说了什么?"

"他似乎大为光火,但马上就平和下来。大概五分钟之后,我听到说话的声音提高了。我跑到门厅,差点撞上米德尔顿太太。接着我们就听见了枪声。枪械室的门是从里面锁上的,我们不得不绕房子一周才到窗边。这无疑耽误了些时间,于是凶手就逃之夭夭了。我那可怜的舅舅——"她声音颤抖着,"被人射穿了头。我当即看出他死了,所以让米德尔顿太太去报警,我小心翼翼地不碰触房间里的一切,原封不动地保持我发现时的样子。"

我赞许地点了点头。

"那么武器呢?"

"哦,关于这点我可以猜猜,黑斯廷斯上尉。我丈夫有一对左轮手枪挂在墙上。其中一把不见了。我向警察说明了这点,他们把另一把拿走了。如果警察把子弹倒出来数数,我想就一清二楚了。"

"我可以去枪械室看看吗?"

"当然可以,警察已经看过那里了。不过尸体被移走了。"

她带我来到犯罪现场。这时哈弗林走进门厅,他妻子匆忙说了句抱歉就朝他跑了过去。我独自留下来展开调查。

很快,我不得不承认调查让人大失所望。侦探小说里到处都是线索,然而这里找不到任何让我感到意外的东西——除了地毯上的一大摊血迹。死者应该就是倒在那里的。我小心翼翼地检查了每个角落,用我带来的小照相机拍下了几张照片。我还检查了窗外的地面,不过发现被踩得乱七八糟,于是决定不在上面浪费多余的时间了。是的,我已经看到了在狩猎者小屋所能看到的一切。现在必须回埃尔默戴尔,与贾普取得联系。于是我向哈弗林夫妇告别,坐从车站载我们到这儿来的那辆车离开。

我在马特洛克①武器公司找到了贾普,他立刻带我去看尸体。哈林顿·佩斯身材瘦小,没蓄胡子,外表上看是个典型的美国人。他被人从后脑射穿,而且是从近距离开的枪。

"刚一转身,"贾普说,"那个家伙就抓起手枪朝他开了一枪。哈弗林夫人交给我们的那把是装满了子弹的,我想另一把也是。想想有人会做这么傻的事真是奇怪,竟然就那么将两把装了子弹的手枪挂在墙上。"

"这个案子你怎么看?"我离开那间可怕的屋子时问他。

"这个嘛,首先我要盯住哈弗林。嗯,没错!"他注意到了我的惊叹。"哈弗林有过一两件不太光彩的事迹。他以前在牛津的时候,曾在他父亲的支票上伪造签名。当然这些都没有张扬出去。再有,他现在负债累累,这种债他不大可能向他舅舅求助,而我们可以确定他舅舅的遗嘱会对他有利。是的,我会盯紧他,这就是为什么我要在他与妻子见面前找他问话。不过他们的叙述完全吻合。我也去车站问了,他六点一刻坐车离开这一点是毫无

---

①马特洛克:英国英格兰中部城镇,德比郡首府。

疑问的。那班车到达伦敦的时间是十点半。他说直接去了俱乐部,假如能证实这一点——哎呀,他就无法九点钟戴上黑胡子在这边枪杀他的舅舅了!"

"啊,没错,我正要问你呢,关于那胡子你是怎么看的?"

贾普眼睛一眨。

"要我看长得也太快了——从埃尔默戴尔到狩猎者小屋的五英里中就长出来了。我见过的美国人几乎都不蓄胡子。没错,我们要从佩斯先生认识的美国人中寻找凶手。我先是问了女管家,又问了女主人,她们的说法是一致的,但很遗憾哈弗林夫人没看见那家伙。她是个聪明的女人,应该会留意到能使我们步入正轨的线索。"

我坐下来,花了点时间给波洛写了封长信,向他做了说明。在信寄出去之前,我又进一步添加了几条信息。

首先,经验证,取出来的子弹来自与警察手中的枪同一型号的左轮手枪。其次,哈弗林先生晚上的行动得到了确认和证实,他的确坐那班火车到了伦敦,这一点是毫无疑问的。同时,事情有了突破性的进展。一个住在伊灵[①]的伦敦人早晨在从哈文格林前往区际火车站时,发现了一个棕色的纸包卡在栏杆之间。他打开纸包,里面是一把左轮手枪。他把这个包裹交到了当地警察局。天黑之前,警察就证实了这正是他们在搜寻的那把枪,跟哈弗林夫人给我们的那把是一对。里面射出过一发子弹。

我把这些都加到报告里。第二天早上,我吃早餐时收到了波洛发来的电报:

  黑胡子男当然不是哈弗林,只有你或贾普会有这样的

[①]伊灵:英格兰东部城市名。

念头。发电报给我描述一下女管家还有哈弗林夫人今晨的衣着,别把时间浪费在拍室内照上,它们曝光不足,而且毫无艺术性。

在我看来波洛开的玩笑有些不合时宜。我猜他对我在现场,并全权处理这件案子有些许的嫉妒。他让我描述两个女人穿什么衣服,这有点荒谬可笑,但我还是尽我所能照做了。

我十一点时收到了波洛回的电报:

建议贾普逮捕女管家,以免为时过晚。

我目瞪口呆,把电报拿给贾普看。他低声而有力地说:

"波洛先生有真本事。如果他这么说了,那其中必有道理。我几乎没注意那个女人。我不知道在目前的状况下是否能逮捕她,不过我会派人监视的。我们这就走吧,再去观察观察她。"

然而一切都太晚了,那个沉默寡言的米德尔顿太太,那个表现得中规中矩、值得敬重的中年女人,消失得无影无踪。她留下一个箱子。里面只装着普通的衣服。我们对她的身份或下落都一无所知。

我们从哈弗林夫人那里尽可能地了解到了一些事实:

"我是大约三周前雇的她,因为之前的管家埃墨里太太走了。她来自芒特街塞尔伯恩太太的中介所,那个地方很有名。我的仆人都是从那儿找的。他们派了几个不同的妇人来,只有这个米德尔顿太太看上去最合适,而且履历极佳。我当场决定雇用她,并和中介敲定了这事。我简直无法相信她会有什么问题。她就是个沉默寡言的女人。"

这件事俨然成了一个谜。显然那个女人不可能亲自犯下罪行，因为开枪时哈弗林夫人和她一起在门厅。尽管如此，她必定与凶案有所关联，否则她为什么会销声匿迹？

我把最新进展通过电报告诉波洛，准备回到伦敦对塞尔伯恩太太的中介所做一番调查。

波洛立即回信了：

> 调查中介毫无用处，他们肯定从未听说过她。查清她第一次到狩猎者小屋采用的交通工具是什么。

我虽然迷惑不解，但还是照办了。埃尔默戴尔能采用的交通方式有限。当地车行有两辆破旧的福特轿车，还有两辆出租马车。这些在上述日期都没有被人租用过。令人生疑的是，哈弗林夫人说她给了那女人一笔钱作为去德比郡的费用，足够租辆汽车或马车载她到狩猎者小屋。通常车站都会备有一辆福特供人租用。更奇怪的是，那个要命的晚上没人注意到村里来了个陌生人，无论留没留黑色胡须。似乎一切都表明凶手是坐车到达现场的，而且就停在附近，以便逃跑。将那位神秘的女管家带到新岗位的也正是这辆车。我要提一句，对伦敦中介所调查的结果证实了波洛的猜测，他们名册上从来没有过叫"米德尔顿太太"的女人。他们收到了尊敬的哈弗林夫人招女管家的申请，并派去了多个应征者。向他们支付中介费时，她并未提起选了哪个女人。

我有些垂头丧气地回到了伦敦，看见波洛穿着件鲜艳的丝绸睡衣，坐在壁炉旁的扶手椅上。他兴致勃勃地跟我打招呼。

"黑斯廷斯，我的朋友！见到你太高兴了。我真是太想念你了！你的行动还顺利吧？跟着能干的贾普东奔西走了吗？这些调查和询问是否令你如愿以偿？"

"波洛，"我大声说，"这件事神秘莫测！永远也解决不了。"

"在这件事上我们确实不太能取得辉煌的胜利。"

"没错，真是这样。简直是硬得砸不开的坚果。"

"哦，这么说的话，我倒是很擅长砸开坚果！一只名副其实的松鼠！我不觉得这件事有什么困难。谁杀了哈林顿·佩斯先生我是一清二楚。"

"你知道？你怎么知道的？"

"你发的电报上，有些文字启发了我，帮我揭示出真相。看这里，黑斯廷斯，让我们有方法有条理地审视一遍事实。哈林顿·佩斯先生有一笔可观的财产，无疑死后会由他外甥继承。这是第一点。众所周知，他外甥囊中羞涩。这是第二点。还有，他外甥——我们也许可以说他是个没有道德观念的人，这是第三点。"

"但是罗杰·哈弗林去伦敦的行程已经得到明确证实了啊。"

"没错。既然哈弗林先生六点一刻离开埃尔默戴尔，佩斯先生就不可能在他离开之前被人杀害，否则医生验尸时会发现犯罪时间不对。所以我们能相当肯定地推断，哈弗林先生没有向他舅舅开枪。但还有哈弗林夫人呢，黑斯廷斯。"

"不可能！开枪时女管家和她在一起。"

"啊，是啊，女管家。不过她失踪了。"

"会找到她的。"

"我不这么认为。那个女管家有点让人难以捉摸，你没有这种感觉吗，黑斯廷斯？当即就引起我的注意了。"

"我想她是做好分内工作，然后在关键时刻离开了。"

"那她分内的工作是什么？"

"嗯,很可能是放她的同伙进来,那个黑色胡须的男人。"

"哦,那才不是她的职责!她的职责是像你刚才说的,为哈弗林夫人提供开枪时的不在场证明。谁也找不到她的,我的朋友,因为她根本不存在!'世界上没有这样一个人'[①]——正如你们伟大的莎士比亚所说。"

"是狄更斯说的,"我憋不住笑,小声嘀咕,"可你这么说是什么意思,波洛?"

"我的意思是,佐伊·哈弗林婚前是个演员,你和贾普都只在昏暗的门厅里见过女管家,穿着黑衣服,大约是中年人的形象,说话有气无力,重要的是,不论是你、贾普还是跟她碰过面的当地警察,都不曾见过米德尔顿太太和她的女主人同时出现。这是这个既聪明又大胆的女人演的一出小孩子把戏。她以去叫女主人为由跑上楼,匆忙套上光鲜的针织套衫,戴上一顶带有黑色卷发的帽子,以便遮住染成灰色的头发。麻利地摆弄几下,妆就卸掉了,再稍微涂点口红,伴着她清脆的嗓音,一个光彩照人的佐伊·哈弗林走下楼来。谁也不会再留意那个女管家。注意她干吗呢?她和犯罪又没什么关系。而且她也有不在场证明。"

"但是左轮手枪是在伊灵找到的啊?哈弗林夫人不可能放在那儿吧?"

"是的,这是罗杰·哈弗林的任务——不过也是他们行动上的失误。这使我找到了正确的方向。一个人用从现场拿到的左轮手枪犯下凶杀案后会立即把枪丢弃,而不会随身带到伦敦。是的,动机很清楚,罪犯想把警察的注意力从德比郡引开,他们迫切地希望警察能尽早从狩猎者小屋附近撤走。当然,在伊灵找到

[①] 这句话引自英国著名作家狄更斯的长篇小说《董贝父子》第二十二章。

的手枪不是射杀佩斯先生的那把。罗杰·哈弗林从里面取下一颗子弹，带到伦敦，直奔俱乐部以制造不在场证明，然后坐区际火车迅速去伊灵，只需二十分钟左右，把包裹放在那里就回了城。而那个迷人的女士，他的妻子，晚餐后秘密地射杀了佩斯先生——你还记得是有人从他后面开的枪吧？另一个非常显著的地方在这里！——她补上手枪里的子弹，放回原处，接着开始表演她疯狂的小型闹剧。"

"不可思议啊，"我听得入迷了，喃喃地说，"可是——"

"可是这是真相。当然了，我的朋友，这就是真相。不过要让这一对极品夫妻受到法律的制裁，又是另一回事了。嗯，贾普定会尽其所能——我给他写了信，原原本本地说了——但我非常担心，黑斯廷斯，我们将不得不把他们交给命运来安排，或是交给上帝，随便哪个吧。"

"邪恶会像翠绿的月桂树一样茂盛成长。"我提醒他说。

"但是会付出代价的，黑斯廷斯，总会付出代价的，相信我！"

波洛的预言应验了。贾普虽然相信波洛的理论就是真相，但他收集不到必要的证据来定罪。

佩斯先生的巨额财产落到了凶犯手里。尽管如此，复仇女神没有饶过他们，当我看到报纸上写着去往巴黎的飞机坠毁，遇难者中有尊敬的哈弗林夫妇时，我知道正义得到了伸张。

百万美元债券劫案

1

"近来怎么债券抢劫案这么多啊!"一天早晨我边把报纸搁在一旁边说,"波洛,我们还是不要研究破案了,开始从事犯罪活动吧!"

"你是在想——那叫什么来着?一夜暴富吧,嗯,我的朋友?"

"喏,看看最近这起案件吧,价值百万美元的自由公债①从伦敦和苏格兰银行送到纽约,却在奥林匹亚号航行的途中离奇消失了。"

"这不像穿越英吉利海峡,只需要个把小时。要不是晕船,要不是这么长时间拉韦吉耶防晕法很难奏效,我倒是愿意坐一次大船去航海。"波洛轻声嘀咕着。

"是啊,确实是。"我热情洋溢地说,"有些游轮就像完美的豪宅一样,有室内游泳池、娱乐室、餐厅、棕榈园——真的,简直令人难以相信是在大海上。"

"我嘛,我对于在船上这一点总是心知肚明,"波洛遗憾地说,"而且你列举的这些小事,对我来说都毫无意义;然而,我的朋友,想一想那些天才旅行时基本不用真名!你一上船,走进这些漂浮着的所谓豪宅里,就会遇到杰出人物,那些犯罪界的高级贵族!"

---

① 自由公债:美国政府在第一次世界大战时发行的旨在支援战争的战时公债。

我笑了。

"怪不得你表现得这么热情！你是想跟偷走自由公债的人较量较量吧？"

女房东进来打断了我们。

"一位年轻的女士想要见您，波洛先生。这是她的名片。"

名片上印的名字是：艾丝米·法夸尔小姐，波洛弯下腰捡起一块掉落的面包屑，小心翼翼地扔进废纸篓，然后向女房东点点头，示意让她进来。

过了一分钟，一个姑娘被领进房间，她是我所见过的最迷人的姑娘之一。她二十五岁左右，长着一双棕色的大眼睛，身材极佳。她穿着入时，举止相当沉着冷静。

"请坐吧，小姐。这位是我的朋友，黑斯廷斯上尉，他帮我解决一些小问题。"

"恐怕今天我带来的是个大问题，波洛先生。"这个姑娘说着朝我欠身施礼，然后坐下，"相信你们在报纸上看到了。我指的是奥林匹亚号上的自由公债失窃事件。"波洛的脸上肯定是呈现出了惊讶的神情，因为女士连忙接着说："您肯定要问，我与伦敦和苏格兰银行这样的重要机构有什么关系。某种意义上讲的确没有，另一方面来说又是关系密切。跟您说吧，波洛先生，我与菲利普·里奇韦先生订了婚。"

"啊！而菲利普·里奇韦先生——"

"负责看管那些被窃的债券。当然没人把实际的罪责归到他身上，无论如何，不是他的过错。尽管如此，他还是被这件事搅得心烦意乱。据我所知，他舅舅坚持认为他一定是不小心说漏了嘴，说自己在看管这笔债券。这是他职业生涯中的一次重大挫折。"

"他舅舅是谁?"

"瓦瓦苏先生,伦敦和苏格兰银行的联合总经理之一。"

"法夸尔小姐,能否给我叙述一下事情的来龙去脉?"

"好的。正如您所知,这家银行希望提升在美国的声望,为此决定运送一百万美元的自由公债过去。瓦瓦苏先生选定他的外甥完成这次行程,因为他外甥在银行工作多年,值得信任,而且精通纽约银行事务的全部细节。奥林匹亚号于二十三日从利物浦驶出。当天早上,瓦瓦苏先生和肖先生把债券交给菲利普,这两位都是伦敦和苏格兰银行的联合总经理。他们清点了债券,当着他的面包好并密封上,然后当即放进他的旅行皮箱锁了起来。"

"旅行箱上的是普通的锁?"

"不是,肖先生坚决要求专门配一把哈布斯的锁。如我所言,菲利普把包裹放在了旅行箱最底下。东西就在要到达纽约的一两个小时前被偷了。他们仔细找遍了整个轮船也一无所获。债券简直就像从人间蒸发了一样。"

波洛皱了下眉头。

"它们绝不会消失,因为我听说债券在奥林匹亚号靠岸后的半小时内就被分成一个个小包卖掉了!嗯,毫无疑问下一步我要见见里奇韦先生。"

"我正要建议您和我一起在'柴郡干酪'吃午餐呢。菲利普会在那里。他要和我碰面,不过还不知道我已代表他来向您请教了。"

我们很爽快地答应了这个提议,于是乘出租车赶去那里。

菲利普·里奇韦先生比我们到得早,他看到未婚妻带着两个陌生人来似乎有点惊讶。他是个相貌英俊的年轻人,个子高大,潇洒整洁,虽然可能还没过三十岁,不过鬓角的头发有点灰白。

法夸尔小姐走到他面前，把手搭在他肩膀上。

"你一定要原谅我没有跟你商量就擅自行动，菲利普。"她说，"让我来给你介绍一下，这位是赫尔克里·波洛先生，你肯定听说过吧，还有这位是他的朋友，黑斯廷斯上尉。"

里奇韦看上去惊讶万分。

"我当然听说过您的大名，波洛先生，"他边握手边说，"不过我没想到艾丝米会想起来就我的——我们的麻烦向您讨教。"

"我怕你不让我那么做，菲利普。"法夸尔小姐温和地说。

"所以你就先斩后奏喽，"他笑着说，"我希望波洛先生能在这件谜案中稍加指点，因为坦率讲，我担忧得都快要发疯了。"

的确，他看上去脸色憔悴，面容枯槁，一看就知道被内心的苦恼折磨得不轻。

"好了，好了，"波洛说，"我们吃午餐吧，吃完饭我们凑在一起研究研究，看能做点什么。我想听里奇韦先生亲口说说这件事。"

餐馆的牛排和腰子布丁非常棒，当我们品评这些美味时，菲利普·里奇韦讲起了债券消失的过程。他讲的故事与法夸尔小姐讲的如出一辙。他一讲完，波洛紧接着问了个问题。

"里奇韦先生，究竟是什么事让你发现债券失窃了呢？"

他苦笑了一下。

"事实显而易见，波洛先生。我怎么也不会忘记的。我的硬皮箱从床铺下面露出来一半，而且满是划痕和胡乱砍过的印记，说明他们试图强行把锁撬开。"

"但据我所知是用钥匙打开的吧？"

"是的。他们尽力去硬撬，但没撬开。最终他们一定是用了什么办法给打开了。"

"奇怪，"波洛说，他的眼里开始闪烁我所熟悉的绿光，"太奇怪了！他们浪费了太多太多的时间设法撬开锁，然后——见鬼！发现一开始就有钥匙——而每把哈布斯锁的钥匙都是独一无二的。"

"正因为如此他们才不可能拿到钥匙。我的钥匙是昼夜不离身的。"

"这一点你能确定吗？"

"我敢发誓，此外，假如他们有钥匙或是另配了一把，为什么要费时费力强行去撬显然撬不开的锁呢？"

"啊！这恰恰是我们要问的问题！我大胆预测一下，我们能否找到解决办法就取决于这个奇怪的事实。我想再问个问题，希望你不要感到厌烦：你是否完全肯定没把打开的旅行箱丢在一旁过？"

菲利普·里奇韦只是看了看他，波洛做了个道歉的手势。

"啊，不过这类事情有可能发生，我向你保证！好吧，债券从旅行箱里被偷了。这个贼是怎么处理它们的呢？他是怎么设法带上岸的呢？"

"啊！"里奇韦大叫一声，"说的是呢。怎么办到的？海关当局进行盘查，对每个下船的人都做了详细检查。"

"而那些债券，我想是有一大包吧？"

"确实。几乎没有办法藏在船上——而且不管怎样，我们知道它们不在船上了，因为在奥林匹亚号抵达后的半小时里，远在我发出电报上报具体数字之前就有人公开叫卖了。甚至有个掮客发誓说他在奥林匹亚号进港之前就买了一些债券。但是债券总不能用电报发出去吧。"

"不是用电报，那附近有拖船吧？"

"只有些官方的船,而且是在警报拉响,大家都警觉起来以后才来。我自己留意过是否有人用您说的这种方法把债券转移走。天啊,波洛先生,这件事都要把我逼疯了!人们已经开始说是我偷的了。"

"可你在上岸时也被搜查了,不是吗?"波洛温和地问道。

"是的。"

这个年轻人迷惑不解地望着他。

"我看你是没明白我的意思,"波洛神秘地笑着说,"现在我想去银行打听打听了。"

里奇韦拿出张名片,在上面草草写了几个字。

"把这个递上去,我舅舅马上就会见您。"

波洛谢过他,又跟法夸尔小姐道了别,然后我们俩一起出发去针线街,到伦敦和苏格兰银行的总部去。我们出示了里奇韦的名片,在员工的带领下穿过迷宫般的柜台和桌子,绕过存款和取款的接待处,来到二层的一间小办公室,银行的联合总经理在这里接待了我们。这是两位不苟言笑的绅士,在银行供职多年,经验丰富。瓦瓦苏先生留着一小撮白胡须,肖先生胡子刮得很干净。

"我知道,严格意义上说你是名私家侦探吧?"瓦瓦苏先生说,"是的,的确是这样。当然,我们已经把这件事托付给苏格兰场了。麦克尼尔督察负责这个案子。我相信他是位靠得住的警官。"

"我也相信,"波洛客气地说,"你能代表你外甥回答我几个问题吗?关于那把锁,锁是谁从哈布斯那儿定做的?"

"是我亲自去定做的,"肖先生说,"哪个办事员去办这件事我都信不过。至于钥匙,里奇韦先生有一把,另外两把由我和我同事掌管。"

"那有没有职员接近过钥匙呢？"

肖先生转向瓦瓦苏先生，向他征求意见。

"二十三日那天，我把钥匙藏在了安全的地方之后就没动过。"瓦瓦苏先生说，"我同事不幸两星期前生病了——就是菲利普离开我们那天。他刚刚康复。"

"对于我这个年纪的人来说，严重的支气管炎可不是闹着玩的。"肖先生沮丧地说，"不过因为我休假，瓦瓦苏先生不得不承受繁重的工作，尤其是这个飞来横祸。"

波洛又问了几个问题。我猜他是在努力搞清楚甥舅俩究竟亲密到什么程度。瓦瓦苏先生的回答简明扼要，一丝不苟。他的外甥是一名值得信任的银行职员，据他所知也没有债务或经济问题，而且过去也接过一些类似的任务。最后我俩礼貌地鞠躬告辞。

"我太失望了。"当我们来到街上时，波洛说道。

"你希望有更多发现？他们都这么老态龙钟的了。"

"并不是他们的老态使我失望，我的朋友。我没指望遇到的银行经理是一个有着'鹰一般目光的热心金融家'——你们喜欢的小说里是这么写的，对不对？不，我是对案子失望——它太简单了！"

"简单？"

"是的，你没发现容易得简直像小孩子的把戏？"

"你知道是谁偷的债券了？"

"我知道了。"

"但是那么……我们必须……为什么——"

"说话别语无伦次，也别激动不已，黑斯廷斯。我们目前什么都不用做。"

"为什么？你在等什么？"

"等奥林匹亚号。按计划它星期二从纽约返航。"

"可如果你知道是谁偷的债券，为什么还要等？他可能会逃走啊。"

"逃到没有引渡条例的南太平洋小岛上去？不，我的朋友，他会发现那里不适合生存。至于我为什么要等——好吧，对于赫尔克里·波洛来说，这个案子相当清楚，不过为了让其他人明白，那些不太有天赋的人——比如麦克尼尔督察——为了解开谜团，我还要再做一点调查才行。人总得为那些天赋不如自己的人着想。"

"天哪，波洛！我真想出一大笔钱看你变成一个十足的傻瓜，一次就行。你真是自负得不可救药！"

"别生气嘛，黑斯廷斯。我看得出有时你简直对我产生了厌恶！唉，我因自己的伟大而受到了惩罚！"

这个小个子胸脯一起一伏，叹气时滑稽的样子让我忍俊不禁。

星期二我们乘火车去利物浦，坐在火车的一等车厢里。火车在伦敦和西北铁路上驰骋着。波洛还是不给我解释他的猜测或他认为的实情。他自己心满意足，对我没有和他一样看清形势表示奇怪。我懒得和他争辩，用假装漠不关心来掩饰我的好奇。

一到渡轮码头，站在那艘跨洋航行的巨大游轮旁，波洛就变得活跃和警觉起来。我们接连询问了四个船员，向他们打听波洛的一个朋友，这个朋友二十三日坐船去了纽约。

"是位上了年纪的先生，戴眼镜。病得比较重，几乎没出过船舱。"

符合描述的似乎是个叫文特诺的先生,他在C24号客舱,就在菲利普·里奇韦的隔壁。虽然没看出波洛是怎么推理出文特诺先生这个人和他的外貌的,我还是极为兴奋。

"告诉我,"我大声问道,"当你们到纽约时,这位先生是不是最先下船登岸的人之一?"

船员摇了摇头。

"不是,先生,实际上他是最后下船的人之一。"

我顿时泄了气,看见波洛在偷偷对我笑。他谢过船员,给了他一些零钱,然后我们就离开了。

"一切都很顺利,"我激动地说道,"除了最后一句回答,那一定毁了你先前的推论,亏你还笑得出来呢!"

"跟以往一样,你什么也没察觉到,黑斯廷斯。相反,最后的回答是我推论的压轴一环。"

我绝望地一扬手。

"我认输。"

2

我们坐在飞速行驶的列车上,去往伦敦。波洛花了几分钟忙着写信,写完后装进信封里封好。

"这封信给能干的麦克尼尔督察。我们路过苏格兰场时交给他,然后去福乐居,我约了艾丝米·法夸尔小姐在那里和我们共进晚餐。"

"那里奇韦呢?"

"他怎么了?"波洛眨了下眼睛问道。

"为什么,你不会是觉得——你不能——"

"你语无伦次的毛病又来了,黑斯廷斯。实际上我想过。如果里奇韦是窃贼——这太有可能了——案子可就有意思了,我们的任务就是单纯的讨论方法了。"

"但对法夸尔小姐来说可没那么有意思。"

"可能你说的对。因此我完全是出于好意。黑斯廷斯,现在让我们来回顾一下案情吧。我看得出来你正急着要这么做呢。密封的包裹从旅行箱里被取出并且消失,用法夸尔小姐的话说是消失得无影无踪。我们先不管那无影无踪的说法,因为现阶段的科学还做不到,而是考虑一下发生了什么吧。每个人都坚称包裹不大可能被偷运上岸——"

"是的,但是我们知道——"

"你也许知道,黑斯廷斯,可我不知道。我的观点是,既然看上去不可思议,那就是不可思议的事情。所以,有两种可能性:有人把包裹藏在了船上——相当有难度——或是扔进了海里。"

"你的意思是拴上根软木?"

"没有软木。"

我愣住了。

"可若是债券掉进了海里,那就不可能在纽约出售了啊。"

"我赞赏你的逻辑思维,黑斯廷斯。债券在纽约出售了,因此没有被扔进海里。你看这把我们导向哪里?"

"我们又回到了起点。"

"才不是!如果包裹被扔进海里,而债券在纽约出售,那说明债券根本不在包裹里。有证据表明债券在包裹里吗?记住,里奇韦从在伦敦接到手中的那一刻起就没打开过它。"

"没错,可是那——"

波洛不耐烦地摆了摆手。

"让我接着说。最后一次看到债券是二十三日早晨在伦敦和苏格兰银行的办公室里。它们再次出现是在纽约，奥林匹亚号进港后半个小时，而实际上有人进港前就看到了，谁也没去注意听他的话。那么能否假设，债券根本就没上过奥林匹亚号呢？有没有别的方法送到纽约？巨人号与奥林匹亚号同一天从南安普敦①出发，记录显示也是横渡大西洋。用巨人号运送债券会比奥林匹亚号早一天到达纽约。一切都清楚了，案子的真相不言而喻。密封的包裹只是个幌子，肯定是在银行办公室的时候被调包的。在场的三人中任何一个都能轻而易举地准备好一个一模一样的包裹来替换掉真正的债券。非常好，债券送给了纽约的一个同伙，他收到的指示是奥林匹亚号一进港就去售卖，而同时一定有人在奥林匹亚号上策划一起伪造的抢劫案。"

"可是为什么呢？"

"因为假如里奇韦正好打开包裹并发现是假货，就会立刻怀疑到伦敦那边。这可不行，所以隔壁船舱里的人干起活儿来，假装制造明显的撬锁痕迹，一下子让人把注意力转移到失窃问题上，实际上用备用钥匙打开旅行箱，把包裹扔进海里，然后等到最后下船。显然，他要戴上眼镜遮住眼睛，也要为了避免碰到里奇韦而装作是病人。他在纽约登岸，再乘坐最早驶出的船返回。"

"可谁——他是谁？"

"这个人有备用钥匙，定制了那把锁，根本没得严重的支气管炎也没在在国内的家里——总之，是那个'老态龙钟'的人，肖先生！有时候罪犯是身居要职的人，我的朋友。啊，我们在这

---

①南安普敦：英国南部港口城市，面向英吉利海峡，是重要的客船和集装箱港口城市。

边，小姐，我成功了！可以吗？"

于是，波洛喜不自禁地在这位惊讶不已的姑娘脸颊两边分别轻轻亲吻了一下！

埃及古墓历险记

1

我始终认为，在我和波洛共同经历的诸多冒险经历中，最惊心动魄和激动人心的一段，就是在发现并开启蒙哈拉国王的古墓后，对一系列离奇死亡案件的调查。

就在卡纳冯勋爵发现图坦卡蒙古墓后不久，纽约的约翰·威拉德爵士和布雷纳先生在距开罗不远的吉萨金字塔附近发掘时，出乎意料地碰到了一连串墓室。他们的发现引发了外界的巨大兴趣。这座古墓似乎属于第八王朝众多影子国王中的一位，蒙哈拉国王，当时那个古国正在走向没落。人们对那个时代知之甚少，于是报纸详细报道了这次发现。

之后不久发生的一件事深深吸引了民众的目光：约翰·威拉德爵士突发心脏病死亡。

更轰动的是报纸立即抓住机会宣扬古老的迷信，重新挖出那些宣称"古埃及宝物会导致厄运"的故事。人们又兴致勃勃地把大英博物馆里那些不祥的木乃伊拿出来说事。虽然博物馆方面予以否认，但是大家讨论起来还是乐此不疲。

两周后布雷纳先生死于急性败血病，几天后他的一个侄子在纽约举枪自杀。"蒙哈拉诅咒"成为当时的谈资，埃及已经消亡的魔力再次成了公众盲目崇拜的对象。

就在那时，波洛收到了威拉德夫人的一张便条，这位已故考古学家的遗孀邀请他到自己位于肯辛顿广场的家里。我陪同他一起去。

威拉德夫人是位高挑苗条的女子，身穿黑色丧服，憔悴的脸色表明了她近来承受的悲痛。

"您这么快就赶过来真是太好了,波洛先生。"

"愿意为您效劳,威拉德夫人。你希望找我咨询?"

"我知道您是位侦探,但我想向您讨教的事不拘于您侦探的身份。您是位观点独特的人,据我所知,您拥有丰富的想象力和人生阅历,波洛先生,请告诉我,您对超自然现象持怎样的观点?"

波洛在回答之前犹豫了片刻。他似乎有所顾虑,终于,他开口道:"我们不要相互误解,威拉德夫人。你问我的这个问题应该不是泛指的。是你个人的请求吧,是吗?你是在暗指你丈夫近期离世的事情吗?"

"是这样的。"她承认了。

"你想让我调查他死亡的情况?"

"我想让您帮我查清楚究竟有多少是报纸在胡扯,又有多少言论得到了证实?三个人死去了,波洛先生——要是一个人可能还好解释,但死亡接二连三地发生,就很难让人相信是巧合,而这些都是在发掘古墓之后的一个月内!也许这只是迷信,也许是某种现代科学还无法解释的来自过去的强烈诅咒。但事情就是这样发生了——死了三个人!而且我害怕,波洛先生,十分害怕。这件事可能还没有结束。"

"你是在为谁担心呢?"

"为我儿子。我丈夫去世的消息传来时我病倒了。我儿子刚从牛津回来,就去了那边。他把——把遗体带回家,可现在他不顾我的恳求又外出了。他对考古的工作太着迷了,想代替他父亲继续研究发掘墓穴。您可能认为我是个愚笨、容易偏听偏信的女人,但是波洛先生,我害怕。万一那个国王阴魂不散呢?也许在您看来我好像是在胡言乱语——"

"没有，真的，威拉德夫人，"波洛连忙说，"我也相信迷信的力量，那是这个世界上已知的最伟大的力量之一。"

我惊讶地看着他。我从不相信波洛是个迷信的人。不过这个小个子显然是认真的。

"你真正想要的是让我保护你儿子？我会尽最大可能使他远离伤害的。"

"是的，以平常的方式没问题，但要是面对超自然的力量呢？"

"在中世纪的书里，威拉德夫人，你会看到许多种对抗黑魔法的方法。我们当代人拥有引以为傲的科学，但古人或许比我们知道得更多。现在让我们聊聊事实，这样我才能心里有数。你丈夫一直都是位热衷于埃及考古的学者，是吗？"

"是的，从年轻时起就是。他是现今这个领域最伟大的权威人士之一。"

"不过，我听说布雷纳先生或多或少有些业余？"

"哦，的确。他是个大富豪，只要他感兴趣，无论哪个行业都会随便涉猎一下。我丈夫设法使他对埃及学感兴趣，这次探险中他资助的钱派上了大用场。"

"还有那个侄子呢？你了解他的爱好吗？他跟这个团队有什么关系吗？"

"我觉得没有。事实上我从不知道还有他这么个人，直到从报纸上看到他死了。我觉得他跟布雷纳先生也没什么关系。他从没说过有什么亲戚。"

"这个团队里其他成员还有谁？"

"嗯，有托斯威尔博士，大英博物馆的一个小官员；纽约大都会博物馆的施奈德先生；一个年轻的美国秘书；埃姆斯医生，凭借他的职业能力加入了探险队；还有哈桑，他是我丈夫在当地忠诚的仆人。"

"你还记得那位美国秘书的名字吗?"

"哈珀,我记得是,但不太确定。据我所知,他和布雷纳先生相处时间并不太长,是个非常讨喜的年轻人。"

"谢谢你,威拉德夫人。"

"如果还有其他什么——"

"暂时没有。就交给我吧,请放心,我会尽可能在我力所能及的范围内保护你儿子的。"

这些话并不能真正让人放心,我看到威拉德夫人听到他说这些话时脸部抽搐了一下。但同时,他没有嘲笑夫人的恐惧,这本身似乎也让她得到了些许安慰。

就我来说,我之前从没见过波洛的性格里有如此富于迷信的一面。一回到家我便就此事向他发问。他的态度既严肃又认真。

"是的,黑斯廷斯。我相信这些东西。你一定不要低估了迷信的力量。"

"这件事你打算怎么处理?"

"当然是从实际出发,我亲爱的黑斯廷斯!好吧,我们就从给纽约发电报开始,弄清小布雷纳先生之死更全面的细节吧。"

他及时发了电报,得到了全面而精准的答复。年轻的鲁伯特·布雷纳几年来手头一直很紧。他是个海滨流浪汉,住在南太平洋群岛,靠国内汇款生活。两年前回到纽约,不过在那里更是每况愈下。在我看来,最令人印象深刻的是他最近借到了足够的钱去埃及。"我有个能借给我钱的好朋友。"他宣称。然而,他的计划出了岔子。他回到纽约,对他吝啬的叔叔破口大骂,说他对死人和国王尸骨的关心比对亲骨肉还多。鲁伯特旅居埃及的时候正好赶上约翰·威拉德爵士死去。他回纽约又过起了挥金如土的生活,然后毫无征兆地自杀了,留下了一封信,信上写了一些古怪的话。似乎是突然感到了自责才写下的。他把自己说成是麻风病人和流浪汉,信的末尾说他还是死了更好。

一个模糊的想法映入我的脑海。我从不相信古老的埃及国王死后来复仇。我看到的是更现代化的犯罪手段。假如这个年轻人决定要他叔叔的命——下毒更容易。阴差阳错,约翰·威拉德爵士误服了致命的毒药。这个年轻人回到纽约,对自己的罪行极为困扰。他叔叔死去的消息传到他这里来。他发现自己犯下的罪是多么不必要,于是在满心懊悔中结束了自己的生命。

我把我的解决思路跟波洛说了。他很感兴趣。

"你这么想很有见地——绝对是独具慧眼。甚至有可能是真的。可是你没把古墓的致命影响力考虑在内。"

我耸了耸肩。

"你还是认为有某种关联?"

"就是这样,我的朋友,因此明天我们要启程去埃及。"

"什么?"我吓了一跳,大声问道。

"我说过了。"波洛的脸上清楚地表现出一副英雄气概。接着他叹了口气。"可是,唉,"他哀叹道,"大海!那可恶的大海!"

2

一个星期之后。在沙漠里,金色的沙子被我们踩在脚下,烈日直晒头顶。波洛神情痛苦,在我身旁萎靡不振。这位小个子男人可不擅长旅行。我们从马赛[①]坐了四天的轮船,对他来说真是

[①]马赛:法国港口城市。

种漫长的煎熬。他在亚历山大[①]登陆时已经不成人形了,甚至连他一贯的整洁也看不到了。我们一到开罗[②]就立刻驱车前往米那宫酒店,就在金字塔附近。

我被埃及的魅力牢牢吸引住了。波洛并非如此。他的穿着和在伦敦时一模一样,从兜里拿出一把衣刷,不停地刷着落在黑衣服上的灰尘。

"还有我的靴子,"他悲叹道,"看看它们吧,黑斯廷斯。我的靴子,多么干净的漆皮,一向光洁闪亮。看看,沙子掉了进去,多难受,再看看这表面,惨不忍睹啊。还有这高温,让我的胡子变得软塌塌的——形状都散了!"

"看看那狮身人面像,"我鼓励他说,"我甚至能感受到它散发出来的神秘与魔力。"

波洛不以为然地看了看。

"它这样子没什么好高兴的,"他说,"怎么能高兴呢,一半破破烂烂地埋在沙子里。啊,这该死的沙子!"

"好了,比利时的沙子也不少。"我提醒他,想到了有一次在克诺克海度假时,导游手册上将那里描述为"无可挑剔的沙丘"。

"布鲁塞尔可没有沙子,"波洛说,他若有所思地凝视着金字塔,"至少它们确实具有结实的几何外形,但表面凹凸不平,太别扭了。我也不喜欢棕榈树。他们甚至没有整齐地按行种!"

我打断了他的抱怨,建议开始扎营。我们骑骆驼过去,这些动物耐心地跪着等我们爬上去。几个颇具异域风情的男孩子负责看管骆驼,由一名健谈的专职导游率领着。

我目睹了波洛骑上骆驼的壮观场面。他一开始是在呻吟,然

[①]亚历山大:埃及北部港市,亚历山大省省会。
[②]开罗:埃及首都。

后哀号,最后干脆尖叫起来,做手势向圣母玛利亚和历法里的每位圣人祷告。最后,他很没面子地爬下来,骑着一头小毛驴完成了这段旅途。我得承认骑着慢跑的骆驼对于外行来说确实不是件轻松的事。我腰酸背痛了好几天。

终于,我们离考古挖掘现场不远了。一个肤色晒得黝黑的灰胡子男人来见我们,他穿着白衣服,戴着个头盔。

"是波洛先生和黑斯廷斯上尉吧?我收到你们的电报了。很抱歉没去开罗迎接两位。这边发生了一件始料未及的事,完全打乱了我们的计划。"

波洛大惊失色。他正在掏衣刷的手僵住不动了。

"不会是又死了一个吧?"他屏住呼吸说。

"正是。"

"盖伊·威拉德爵士?"我大声问道。

"不是,黑斯廷斯上尉。是我的美国同伴,施奈德先生。"

"死因呢?"波洛问道。

"破伤风。"

我脸色变得苍白。我仿佛感到周围有种邪恶的气息,隐隐透着威胁。我脑中闪现出了一个恐怖的想法。我会不会是下一个?

"天啊,"波洛非常低声地说,"我不理解这件事。太恐怖了。告诉我,先生,肯定是破伤风不会错吧?"

"应该不会错。不过埃姆斯医生能跟您说得更详细一些。"

"啊,当然,你不是医生。"

"我叫托斯威尔。"

这么说这位就是威拉德夫人所说的英国专家,在大英博物馆担任一个小官员。他一脸的严肃和坚定立刻引起了我的兴趣。

"请你们跟我来,"托斯威尔博士接着说,"我愿意领你们去见盖伊·威拉德爵士。你们一到,他就迫不及待地想和你们见面。"

他领我们穿过营地来到一顶大帐篷前。托斯威尔博士撩起帐帘,我们走了进去。有三个人正坐在里面。

"波洛先生和黑斯廷斯上尉到了,盖伊爵士。"托斯威尔说。

三人中最年轻的一位一跃而起,主动上前迎接我们。他的态度里透着一种冲动,让我想起他的母亲。他远不如别人晒得那么黑,加上眼睛周围显现出的憔悴,使他看上去比实际年龄二十二岁要老。显然他是在极度紧张之中强打起了精神。

他介绍了两位同伴,埃姆斯医生三十岁出头,看起来很能干,两鬓有点发灰,另一位是哈珀先生,就是那位秘书,他是个和蔼可亲的人,长得比较瘦,戴着印有国徽的角质框架眼镜。

漫无目的地闲聊了几分钟之后,托斯威尔博士跟着哈珀出去了。只剩下盖伊爵士、埃姆斯医生、波洛和我。

"您想了解什么请尽管问吧,波洛先生,"威拉德说,"我们被这一系列奇怪的灾难搞得心慌意乱,但这可能——绝对只是偶然。"

他表现出紧张不安的神情,与所说的话极不相称。我看到波洛正目光锐利地打量着他。

"你的精力真的都投在这项工作上了吗,盖伊爵士?"

"没错。无论发生什么事,或是结果如何,这项工作都要继续开展。这一点您要明白。"

波洛转头朝向另一位。

"你有什么要说的吗,医生先生?"

"哦,"医生慢条斯理地说,"我也不会放弃。"

波洛表现出愁眉苦脸的样子。

"那么，显然，我们必须搞清楚要如何应对。施奈德先生是何时去世的？"

"三天前。"

"你确定是破伤风吗？"

"非常肯定。"

"比如说，有没有可能是马钱子碱中毒呢？"

"不是，波洛先生，我明白您的意思。不过很明显这就是破伤风。"

"你没注射抗毒血清吗？"

"当然注射了，"医生冷冷地说，"每种能想到和能做到的方法都试过了。"

"你带着抗毒血清吗？"

"没有。我们从开罗弄来的。"

"营地里还有其他破伤风的病例吗？"

"没有，一个都没有。"

"你确定布雷纳先生的死因不是破伤风吗？"

"绝对不是。他把大拇指划破了，并因此感染，得了败血病。外行人听上去几乎差不多，但我敢说这两件事完全不同。"

"这样一来我们就面临四种死法，各不相同，一个心脏病，一个败血病，一个自杀的，还有一个破伤风。"

"正是，波洛先生。"

"你能肯定没有什么能把这四件事关联在一起吗？"

"我没太明白您的意思。"

"我再说得明白一些。这四个人有没有做出什么可能对蒙哈拉的灵魂不敬的行为？"

这位医生惊讶地盯着波洛。

"您不是在信口开河吧,波洛先生。您不会相信那些愚蠢的言论吧?"

"完全是胡说。"威拉德生气地小声嘀咕道。

波洛依然稳如泰山,猫一般的绿眼睛里闪出一丝光芒。

"这么说你是不相信了,医生先生?"

"是的,先生,我不相信,"医生断然否认道,"我是个信奉科学的人,我只相信科学传授给我们的东西。"

"那古埃及没有科学喽?"波洛轻声问道,没有等待回答就接着说起来,埃姆斯医生似乎有些迷惑不解,"不,不,不用回答我,只要告诉我这个。那些当地的工人怎么看?"

"我猜,"埃姆斯医生说,"那些白人家伙所热衷的事,原住民们也差不多吧。我承认他们会像你说的那样害怕,但这毫无道理。"

"是吗?"波洛不置可否地说。

盖伊爵士向前探着身子。

"当然,"他用质疑的语气大声说,"你不会相信——哦,但这件事太荒谬了!假如你真的那么想,那你对古埃及一无所知。"

作为回应,波洛从口袋里掏出了一本书,一本破旧不堪的古书。他拿出来时我看到书名是《埃及人和迦勒底人[①]的魔法》。接着他转身迈步走出了帐篷。医生望着我。

"他是怎么想的?"

这句话是波洛经常说的,现在从别人嘴里说出来真是让我忍俊不禁。

"我真不知道,"我坦率地讲,"我想他是有驱魔的打算吧。"

---

① 迦勒底:古代在两河流域的王国,现在大概在伊拉克首都巴格达一带。

我出去找波洛,发现他在跟那个瘦脸的年轻人攀谈,就是已故的布雷纳先生的秘书。

"不,"哈珀先生说,"我刚加入探险队六个月。没错,我对布雷纳先生的工作十分了解。"

"你能不能给我讲讲他侄子的事?"

"他是个长相不错的小伙子,有一天找到这儿来。我之前没见过他,不过有别人见过——我觉得埃姆斯和施奈德见过。老先生见到他很不情愿,他们立刻吵了起来,吵得很凶。'一分钱也没有,'老先生吼道,'不管是现在还是我死了,都没有一分钱。我打算把钱用于发展我毕生的事业。我今天就是在和施奈德先生讨论这件事。'还说了一些类似的话。小布雷纳当即匆匆离开,去了开罗。"

"他当时身体还好吗?"

"老先生吗?"

"不是,那个年轻人。"

"我记得他提到过哪里不舒服。不过应该没什么严重问题,不然我应该记得住。"

"还有件事,布雷纳先生留遗嘱了吗?"

"据我所知,他没留遗嘱。"

"哈珀先生,你还跟着探险队吗?"

"不,先生,我不跟着了。一旦这边的事情处理完我马上就回纽约。您尽管笑话我吧,但我可不想成为被蒙哈拉诅咒的下一个牺牲品。"

年轻人擦了擦额头的汗水。

波洛转身离开。在错身而过时他突然一笑:

"记得吧,纽约也有一个牺牲者。"

"哦,该死!"哈珀狠狠地说道。

"这个年轻人太紧张了,"波洛边琢磨边说,"坐立不安的,但也太惊慌失措了吧。"

我好奇地看着波洛,但从他难解的笑容里什么都看不出来。盖伊·威拉德爵士和托斯威尔博士陪着我们在挖掘现场四处参观。主要的发掘物被转移到了开罗,但古墓中一些陈设也相当有吸引力。那位年轻男爵的热情是显而易见的,但我看得出他的一举一动中透着些许不安,好像他无法真正摆脱恐怖的气氛。我们走进事先准备好的帐篷里,洗手准备吃晚餐,一个穿白色长袍的模糊人影站在我们旁边,做了个优雅的手势,让我们过去,并用阿拉伯语低声招呼着。波洛停下了脚步。

"你是哈桑吧,那位已故的约翰·威拉德爵士的仆人?"

"我服侍过我的主人约翰爵士,现在负责服侍他的儿子。"他向我们走近一步,压低声音说,"您是个博学的人,听他们说,您会应对恶灵。让年轻的主人远离这里吧。我们周围有恶魔存在。"

没等回答,他就突然做了个手势迈步出去了。

"周围有恶魔,"波洛嘟囔着,"是的,我感觉到了。"

我们的晚饭索然无味。在场的托斯威尔博士长篇大论地讲述古埃及史。正当我们准备休息时,盖伊爵士抓住波洛的胳膊指向外面。一个模糊的影子穿过帐篷。那不是人的影子:我认出了那个狗头的形状,我们在古墓的墙壁上看到过这样的雕刻。

看到这个景象我呆若木鸡。

"我的天!"波洛讷讷地说,猛地在胸前画着十字,"阿努比斯[①],长着豺头,亡灵之神。"

[①]阿努比斯:古埃及神学体系中的神,以胡狼头、人身的形象出现在法老的壁画中。

"有人在戏弄我们。"托斯威尔博士愤怒地站起身喊道。

"它走进你帐篷里了,哈珀。"盖伊爵士轻声说,脸色煞白。

"不,"波洛摇着头说,"进了埃姆斯医生的帐篷。"

医生狐疑地看着他,然后重复着托斯威尔博士的话,他大叫:"有人在戏弄我们。来,我们马上就要抓住这家伙了。"

他精力充沛地冲出去追赶那个诡异的影子。我跟着他,可我们无论如何也找不到任何能表明有人从那条路上经过的痕迹,只好心烦意乱地返回,然后看见波洛正在积极地用他特有的方式保护自己的安全。他在沙地上画了许许多多图表和题字,正绕着帐篷走来走去。我认出来的有五角星或是五边形,反复画了很多次。波洛像往常一样,边画边对一般意义上的巫术魔法品头论足,对比白魔法和黑魔法,还从《灵魂》和《亡灵书》中引经据典。

这引起了托斯威尔博士极度的蔑视,他把我拉到一旁,愤怒地对波洛这种做法嗤之以鼻。

"胡言乱语啊,先生,"他生气地大声说,"纯粹是胡言乱语。这人是个骗子。他分辨不出中世纪的迷信和古埃及的信仰。我从没听说过这种愚昧无知和轻言轻信的大杂烩。"

我安抚着这位激动的专家,和波洛一起进了帐篷。我这位小个子朋友得意之情喜形于色。

"我们现在可以安安稳稳睡一觉了,"他高兴地说,"我需要睡会儿觉了。我头疼得要死了。啊,来一杯上好的草药茶就好了!"

就像他的祈祷应验了一样,帐帘掀起,哈桑端着一杯热气腾腾的茶走进来,他把茶递给波洛。是菊花茶,正是他非常喜欢喝的种类。他谢过了哈桑,我告诉哈桑不用再为我倒茶,屋里就又剩下我俩了。脱下外衣后,我在帐篷门口站了一会儿,向外望着沙漠。

"多么美妙的地方,"我大声说,"多么了不起的工作。我能感受到这种魅力。这种沙漠生活,深入探索消失的文明。波洛,你一定也感受到这种吸引力了吧?"

他没回答我,我转过身,有点恼火。我的恼怒马上转为担忧。波洛正横躺在简陋的沙发床上,脸可怕地抽搐着。他旁边是那个空茶杯。我冲到他身边,然后跑出去,穿过营地去埃姆斯医生的帐篷。

"埃姆斯医生!"我喊道,"赶紧过来吧。"

"出什么事了?"医生问,他穿着睡衣裤。

"是我朋友。他出事了,要死了。那杯菊花茶。别让哈桑离开营地。"

医生飞快跑进我们的帐篷。波洛还像我离开时一样躺着。

"太奇怪了,"埃姆斯大声说,"似乎是突然发作——或者——你说他喝了什么?"他拾起空茶杯。

"但我并没有把它喝下去!"一个声音淡定地说。

我们惊讶地转过身去。波洛正从床上坐起来。他在微笑着。

"是的,"他缓缓地说,"我没喝。当我的好朋友黑斯廷斯在看夜景时,我抓住时机把它倒掉了,并没喝进肚子,而是倒进小瓶里了。小瓶子会交到药物分析员手里。不——"这时医生突然一动,"——作为一个聪明人,你懂得使用暴力是徒劳无功的。趁黑斯廷斯出去接你的时候,我已经把瓶子藏好了。啊,快,黑斯廷斯,抓住他!"

我没领会波洛的焦急之情。我急于保护我的朋友,挡在他面前挥舞双臂。然而医生迅速的动作有另一层意思。他把手伸向嘴里，一股苦杏仁味散发出来，他摇摇摆摆地朝前倒下了。

"又一个牺牲者，"波洛严肃地说，"不过这是最后一个了。也许这是最好的结局。他身上背着三条人命。"

"是埃姆斯医生？"我瞠目结舌，"我还以为你相信某些超自然的力量呢。"

"你误解我了，黑斯廷斯。我指的是相信迷信的可怕力量这件事。人们一旦牢牢相信一系列的死亡事件是由于超自然力量造成的，凶手就可以在光天化日之下肆无忌惮地杀人，继而归因于诅咒。人类对于超自然的迷信是那么的根深蒂固，我从一开始就怀疑有人利用了这种心理。我想，是约翰·威拉德爵士的死使他产生了这种想法。他一下子燃起了利用迷信的疯狂欲望。据我所知，没人能从约翰爵士的去世中得到什么好处。但布雷纳先生的案子就不同了，他是个相当富有的人。我从纽约搜集到的情报中有几点暗示。首先，有报道说小布雷纳在埃及有个好朋友能借给他钱。不言而喻，他指的是他叔叔，但在我看来如果是那样的话，他完全可以说得更直白。那句话暗示的是他的某个好友。另外一点，他凑够了钱去埃及，他的叔叔一分钱都没给他，而他还能有钱回到纽约。一定有人借钱给他了。"

"这些都太勉强了。"我提出反对意见。

"还有更有力的证据。黑斯廷斯，有时候人们用比喻说话，却被理解为字面意义。而这个案子却完全相反，明明是字面意思的话却被大家当作了比喻。小布雷纳写得简明直白：'我是个麻风病人'，但没有人意识到他自杀是因为他相信自己感染了可怕的麻风病症。"

"什么？"我脱口而出。

"有个邪恶的人想出了个狡猾的诡计。小布雷纳得了一种不太严重的皮肤病：他住在南太平洋诸岛，这种病在那里很普遍。埃姆斯先前就是他的朋友，是个家喻户晓的医生。小布雷纳做梦也想不到要怀疑他说的话。我一来到这里，就将怀疑对象锁定在了哈珀和埃姆斯医生，但我马上意识到了只有医生能够实施隐秘的犯罪。而且我从哈珀口中了解到医生和小布雷纳早就相识。后者多半是什么时候立下了遗嘱或者投了人身保险，受益人是医生。医生看到了攫取财富的机会。给布雷纳先生接种致命病菌对他来说易如反掌。这位侄子听到他的医生朋友说完这个可怕的消息之后，万分绝望地举枪自杀了。不管布雷纳先生是怎么想的，反正他没立遗嘱。他的遗产由侄子继承，进而落入医生手中。"

"那施奈德呢？"

"这个不能百分之百确定。记得吧，他也认识小布雷纳，可能有过某些怀疑，或者医生想的是再杀个毫不相关的人，会使迷信的说法更加令人信服。此外，我要告诉你个有意思的心理学事实，黑斯廷斯。杀人犯总是强烈地希望重复他们成功的犯罪，而且会上瘾。因此我担心小威拉德。今晚看到的阿努比斯是哈桑按照我的指示假扮的。我想看看能不能把医生吓住。然而超自然现象远远吓不住他。我发现他完全没有被我相信玄幻的假象所迷惑。我给他演的小喜剧没能骗得了他。我怀疑他准备把我当作下一个牺牲品。啊，尽管有可恶的大海，糟糕的高温，还有这让人恼火的沙子，可是我这小小的灰质细胞仍然正常活动！"

结果证明波洛的假设完全正确。几年前，小布雷纳在一阵酩酊大醉中开玩笑般地立下了一封遗嘱，上面写着"你垂涎已久的香烟盒和我其他的东西，在我死后都由我的好朋友罗伯特·埃姆斯无条件继承。他曾经救过我的命，让我免于溺水而亡。"

这起案子尽可能不对外声张。时至今日，人们谈起这一系列引人注目的死亡事件时，还是和蒙哈拉的古墓联系起来，认为这证明了古老的国王会对侵犯他墓地的人进行复仇并取得胜利。事后波洛告诉我，这种看法与埃及人的信仰和思想是背道而驰的。

大都会珠宝劫案

1

"波洛,"我说,"换个环境会对你有好处。"

"我的朋友,你这样认为吗?"

"没错。"

"呃——嗯?"我的朋友笑着说,"这么说,全都安排好了?"

"你愿意来吗?"

"你打算带我去哪儿?"

"布莱顿[①]。事实上,我有一位伦敦的朋友答应了一件很不错的事,而且——嗯,正如人们通常所说的那样,我手上也有闲钱,去大都会酒店过个周末应该会很不错。"

"谢谢,那我就十分感激地接受邀请喽。你有一颗关怀老年人的善良之心。这颗善良之心最终抵得上我全部的智慧。是啊,是啊,我此时此刻这样跟你说,而有时却容易忘记这一点。"

我可不喜欢这其中的暗示。我觉得波洛有时候有点低估我的心智能力。但他那么兴高采烈,我就没有把这种反感表现出来。

"那就这么定了。"我连忙说。

星期六晚上,我们在大都会享用晚餐,周围是一群快乐的人。仿佛满世界的男人和他们的妻子都来到了布莱顿。服装光鲜亮丽,珠宝也是无比华丽——有时是为了展示浓浓的爱意而不是为了显示高雅品位。

[①] 布莱顿:英国南部滨海城市。

"嘿，这景致太棒了，这边！"波洛低声说，"这里就是暴发户的乐园，黑斯廷斯，不是吗？"

"算是吧，"我回答说，"但愿他们别完全被沾染上暴利的色彩。"

波洛静静地朝四周张望。

"这满是珠宝的景象都让我想犯罪，不想做侦探了。对某些小偷来说这是个多么好的机会啊！黑斯廷斯，看柱子旁边那个矮胖的女人。你看她身上戴满了宝石。"

我顺着他说的方向看去。

"哎呀，"我叫了起来，"这不是欧帕尔森夫人吗。"

"你认识她？"

"不太熟。她丈夫是个富有的股票经纪人，前不久刚因为石油开发赚上了一笔。"

晚宴过后，我俩在酒吧偶遇了欧帕尔森夫妇，我把波洛介绍给他们认识。我们闲聊了几分钟，最后还一起喝了咖啡。

波洛对佩戴在夫人丰满的胸部前面的那些昂贵的珠宝赞美了几句，夫人顿时喜笑颜开。

"这是我极为痴迷的一个爱好，波洛先生。我就是喜爱珠宝。爱德了解我的嗜好，每次生意好的时候他都会给我带些新的。您对宝石很感兴趣吗？"

"我经常在不同地方跟它们打交道，夫人。我的职业使我接触到了世界上最著名的一些珠宝。"

他小心谨慎地使用化名，继续讲着关于珠宝的故事，这些珠宝归王室所有，在历史上很出名。欧帕尔森夫人屏息凝神地听着。

"看看，"波洛一讲完她便惊叹道，"多么像一出戏呀！您知道吗，我有一些珍珠，它们可都有过一段历史呢。我相信那是世界上最好的项链之一，这些珍珠相当漂亮，外形均匀，色泽也完美无瑕。要我说，真该跑上楼拿过来！"

"哦，夫人，"波洛拦住了她，"您太热情了。可别把自己忙坏了。"

"哦，但我想要拿给您看看。"

这位体态丰满的夫人摇摇摆摆地跑向电梯，可真够快的。她丈夫本来正在跟我聊天，此时却好奇地瞧着波洛。

"你妻子太热情了，非要去拿珍珠项链给我看。"波洛解释道。

"哦，那些珍珠啊！"欧帕尔森满意地笑了笑，"嗯，它们确实值得一看，而且也花了一大笔钱呢！不过，真实相当于钱还在我这里；我随时都能把它们卖掉换钱——或许还能卖得更多。如果情况一直如此，说不定真要卖掉呢。伦敦现在经济不太景气。到处都要收可恶的超额利润税[①]。"他东拉西扯，说的都是些专业术语，我也听不太懂。

有个听差的小伙子打断了他的话，走到他跟前，贴到耳边小声说着什么。

"啊——什么？我马上过去。她不是突然病倒了吧？先生们，抱歉。"

他急忙撇下我们。波洛向后一靠，点起一小支俄国香烟。然后，他小心仔细地把空咖啡杯整齐地排成一排，看着摆好的杯子，脸上泛起笑容。

时间一分一秒过去了，欧帕尔森夫妇没有回来。

"奇怪了，"我终于开口说道，"我想知道他们什么时候能回

[①] 超额利润税：超额利润是指其他条件保持社会平均水平而获得超过市场平均正常利润的那部分利润。超额利润税就是对企业超额利润征收的所得税。

来。"

波洛看着缓缓上升的烟圈,然后若有所思地说:

"他们不会回来了。"

"为什么?"

"我的朋友,因为有事情发生了。"

"什么样的事?你怎么知道的?"我好奇地问道。

波洛笑了。

"几分钟前经理匆匆忙忙地从办公室里出来,跑上楼去。他表现得相当不安。电梯管理员跟其中一个听差在密切交谈着什么。电梯铃声响了三次他都没注意到。另外,连服务员都心不在焉的,能让服务员心不在焉——"波洛摇摇头,像是要下定论,"一定发生了头等重要的大事。啊,正如我所想!警察来了。"

此时两个人恰好走进酒店,一个穿着制服,另一个身着便衣。他们对听差的说了句话,然后立即被领上楼。几分钟后,那个小伙子走了下来,向我们坐着的地方走来。

"欧帕尔森先生想请问你们,愿意去楼上一下吗?"

波洛一跃而起,可以说他是在等待召唤。我再乐意不过地跟着他过去了。

欧帕尔森夫妇的房间位于二层。我们上前敲门,小听差退了下去。当听到里面传来"进来!"的声音后,我们便应声而入。眼前出现了一副奇怪的景象。房间是欧帕尔森夫人的卧室,在屋子中央,躺在扶手椅上的正是这位夫人。她正在号啕大哭,样子十分壮观,她脸上涂着厚厚的一层粉底,被泪水冲得显现出横七竖八几条深深的印迹。欧帕尔森先生愤怒地走来走去。两位警官站在屋子中央,其中一位手里拿着笔记本。有个酒店女服务员看上去吓呆了,站在壁炉旁;屋子另一侧有位法国女人,显然是欧帕尔森夫人的女仆,正啜泣着,两手紧搓,悲痛万分,程度不亚于她的女主人。

波洛衣着整洁、面带微笑地走进这间乱作一团的屋子。体态丰满的欧帕尔森夫人惊讶得立即从椅子上跳了起来,朝着波洛走来。

"好了。爱德怎么说都行,但我相信运气,真的相信。我今晚以这样的方式遇见您,一定是命运的安排。我有一种感觉,假如您找不回我的珍珠,那就没人能找到了。"

"拜托你先冷静一下,夫人。"波洛轻轻拍了拍她的手,"放心吧。一切都会好起来的。赫尔克里·波洛愿意帮助你!"

欧帕尔森先生转过身面对警官。

"警方对于我——呃——我想,叫来这位先生没什么意见吧?"

"完全没有,先生,"那人彬彬有礼地回应道,不过语气也冷淡至极,"现在您夫人感觉好些了,也许可以给我们讲讲事发经过?"

欧帕尔森夫人无助地看着波洛。他让她坐回到椅子上。

"坐吧,夫人,不要焦虑不安了,给我们重新讲讲整个事情的经过吧。"

欧帕尔森夫人控制住情绪,轻轻擦干了眼泪,接着开始说起话来。

"晚宴后我上楼来,要取我的珍珠给波洛先生看。女服务员和塞莱斯汀都像往常一样在房间里——"

"不好意思,夫人,你说'像往常一样'是什么意思?"

欧帕尔森夫人解释道:

"我定了条规则,除非女仆塞莱斯汀也在,否则任何人都不许进这个房间。早晨塞莱斯汀在的时候女服务员来打扫房间,晚餐后她来整理床铺时也要塞莱斯汀在场;除此以外她不得进入房间。"

"嗯,正如我所说,"欧帕尔森夫人继续说,"我过来了,走到抽屉这边——"她指的是那个梳妆台右边最底下的抽屉,"取出我的珠宝盒,打开锁。它似乎和往常没什么两样——可是珍珠却不在里面!"

警官正在笔记本上奋笔疾书。"你上一次见到它是什么时候?"他问道。

"我下来吃晚饭时还在的。"

"你确定吗?"

"十分确定。我犹豫要不要戴上,但最后决定戴绿宝石,所以把珍珠放回了珠宝盒。"

"锁上珠宝盒的是谁?"

"是我。我把钥匙穿在项链上,项链戴在脖子上。"她边说边拿了出来。

警察检查了一下,然后耸了耸肩。

"小偷肯定有把备用钥匙。这不是什么难事。这把锁相当简易。你锁上珠宝盒之后又做了什么?"

"我把它放回了最下层的抽屉,之前一直放在那里。"

"你没锁抽屉吗?"

"是,我从来都不锁。我的女仆在我回来之前会一直待在房间里,因此不需要锁。"

这位警官的脸色变得愈加灰白。

"我能不能这样理解,你去赴宴时珠宝还在,而从那时起到现在,女仆在房间里寸步未离?"

塞莱斯汀仿佛刚刚意识到自己的危险处境,突然发出一声尖叫,猛然转向波洛,语无伦次地讲起法语来。

"这样的暗示太无耻了!竟然会怀疑是我偷了夫人的东西!众所周知,警察愚蠢得难以置信!但是先生,您作为一个法国人——"

"一个比利时人。"波洛插了一句,但塞莱斯汀对他的纠正没有理会。

她还在继续对波洛说话,她说,先生不会袖手旁观,看她被无端指责,而那个无耻的女服务员却可以逍遥法外。她一向不喜欢那个女服务员——那个放肆的红脸丫头——天生的贼模样。说是从一开始就看她不老实。女服务员一过来整理房间,她就在密切监视了!让那些傻瓜警察搜她的身,在她身上如果找不到夫人的珍珠才叫奇怪呢!

尽管这番慷慨陈词是用法语飞快而恶毒地说出来的,但塞莱斯汀夹杂了许多手势,这位女服务员至少明白了一部分意思。她气得脸都涨红了。

"如果那个外国女人在说我偷了珍珠,那真是无稽之谈!"她激烈地回应道,"我甚至都没见过那东西。"

"搜她身!"女仆喊道,"你们会发现结果像我说的那样。"

"你在撒谎——你听到没?"女服务员针锋相对,步步进逼,"是你自己偷的,还想栽赃给我。看吧,夫人过来之前我才进房间大约三分钟,而你自始至终坐在这里,像往常一样,像只猫在盯着老鼠似的。"

警官又把询问的目光投向了塞莱斯汀。"是真的吗?你没离开房间半步?"

"事实上我没将她独自一人留下过,"塞莱斯汀不情愿地说,

"但我穿过那扇门去了两次我自己的房间。一次是去取棉线,还有一次去取剪刀。她肯定是那会儿干的。"

"你出去都没到一分钟,"女服务员生气地反驳道,"只是走出去又进来。警察愿意搜我的话我很高兴。我没什么好怕的。"

就在这时有人敲门。警官走过去开门。当他看到来人是谁时眼前一亮。

"啊!"他说,"太走运了。我派人叫了一个女搜查员,她刚到了。如果你不介意的话,请到隔壁房间吧。"

他看了看女服务员。她昂着头跨步迈过门槛,搜查员紧随其后。

那个法国姑娘哭着一屁股坐在椅子上。波洛朝房间四周看了看。我为了解释清楚,把主要布局画成了一张草图。

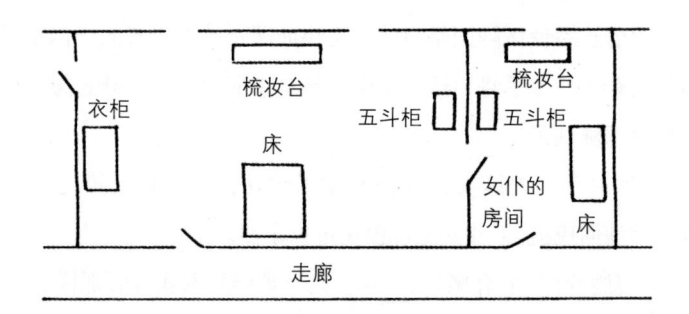

| 衣柜 | 梳妆台床 | 五斗柜 | 梳妆台女仆的房间 | 五斗柜床 |

走廊

"那扇门通向哪里?"他朝窗户那边的门点点头问道。

"我想是通到另一个房间里。"警官说,"不管怎样,从这面锁上了。"

波洛跨到前面去,试了试,接着拉拉门闩,又试了试。

"另一面也是锁着的,"他说,"嗯,看起来可以排除这一点了。"

他朝窗户走了过去,仔细检查每一扇窗。

"还是什么都没有。外面连个阳台都没有。"

"就算有,"警官不耐烦地说,"我也看不出对我们来说有什么用,假如女仆没离开房间的话。"

"显然,"波洛并没有感到窘迫,"这位小姐很确定她没离开过房间——"

女服务员和负责搜查的警员回来了,打断了波洛的话。

"什么都没有。"警员简明扼要地说。

"本来就不会有,"女服务员理直气壮地说,"那个法国贱女人污蔑一个诚实的姑娘,她应当感到羞愧。"

"好了,好了,姑娘,没事了,"警官说着打开门,"没人怀疑你。你接着干你的活儿去吧。"

女服务员不情愿地走了。

"要搜她的身吗?"她指着塞莱斯汀问道。

"是的,要搜!"他把她挡在门外,用钥匙锁上了门。

轮到塞莱斯汀跟着搜查员走进小屋子里了。几分钟后她回来了,从她身上也没搜到任何东西。

警官的脸色变得难看了。

"恐怕我还是得叫你跟我们走一趟,小姐。"他又转头对欧帕尔森夫人说,"对不住了,夫人,但是所有证据都摆在这儿了。如果珠宝不在她身上,那就是藏在屋子里的某个地方。"

塞莱斯汀发出一声尖叫,拽住了波洛的胳膊。后者俯身在这个姑娘耳边低声说着什么。她疑惑不解地看着他。

"没事,没事,我的孩子——我保证你如果不这么抵触会比较好。"然后他转过身对警官说,"先生,你能允许我做个小实验吗?纯粹是为了满足我个人的兴趣。"

"要看是什么实验了。"警官不置可否地回答说。

波洛又对塞莱斯汀说。

"你说你走进房间是去取一卷棉线。棉线在什么地方？"

"在五斗柜最上层的抽屉里，先生。"

"剪刀呢？"

"也在那。"

"小姐，能否烦劳你再做一遍取这两样东西的动作？你说你是坐在这儿干活儿？"

塞莱斯汀坐下来，然后按照波洛给出的信号站起身，走进隔壁房间，从五斗柜的抽屉里取出东西再回来。

波洛一边注意着她的行动过程，一边盯着拿在手上的大怀表看。

"小姐，如果可以的话，请再做一次。"

第二遍做完之后，他在小本子上做了笔记，把怀表揣回兜里。

"谢谢你，小姐。还有你，先生，"他向警官鞠了一躬，"感谢你的允许。"

这种过于礼貌的态度似乎让警官很受用。塞莱斯汀痛哭流涕地跟着便衣警察离开了。

警官简单跟欧帕尔森夫人说了声抱歉，便着手搜查整个房间。他拉开抽屉，打开橱柜，把整个床搬起来，撬开地板。欧帕尔森先生怀疑地看着。

"您真的认为我们会找到？"

"是的，先生。显而易见。她没有时间把珠宝带出房间。夫人这么快就发现被盗了，打乱了她的计划。没错，足以说明项链就在这房间里。一定是她们之中的某一个把它藏起来了——而且不太像是女服务员干的。"

"何止是不太像——简直是不可能!"波洛淡定地说。

"嗯?"警官看着他。

波洛微微一笑。

"我来说明一下。黑斯廷斯,我的好朋友,把我的表放在你手里——小心地拿着。这可是个传家宝!刚刚我给小姐的行动过程计了时。她头一次离开房间的时间是十二秒,第二次是十五秒。现在仔细看我来做。夫人,请将珠宝盒的钥匙交给我吧。谢谢你。黑斯廷斯,我的朋友,请你说一声'开始!'"

"开始!"我说。

波洛以惊人的速度拧开梳妆台抽屉的锁,抽出珠宝盒,把钥匙插进锁眼,打开盒子,挑了一件珠宝,盖上盒子并锁住,再放回抽屉,又推了一下。他以迅雷不及掩耳之势完成了一系列动作。

"多长时间,我的朋友?"他屏住了呼吸,问我。

"四十六秒。"我回答道。

"你们看到了吧?"他环顾四周,"女服务员不可能有时间取出项链,更不可能藏起来。"

"这样的话准是那个女仆干的了。"警官露出满意的神情,又回去搜查。他走进隔壁女仆的房间。

波洛皱起眉头,他在思索。突然他问了欧帕尔森先生一个问题。

"那条项链——毫无疑问是上过保险了吧?"

欧帕尔森先生听到这个问题似乎感到有点惊讶。

"是的,"他犹豫着说,"是上了保险。"

"不过跟上保险有什么关系呢?"欧帕尔森夫人眼泪汪汪地

插进话来,"那是我想要的项链。它是独一无二的。用多少钱也买不来一模一样的。"

"我理解,夫人,"波洛安慰她说,"我太能理解了。对于妻子来说就是全部——不是吗?可是,这位先生多半会从实际情况中得到些许安慰。"

"当然,当然,"欧帕尔森先生犹豫不定地说,"虽然——"

他的话被警官胜利的呼喊打断了。他手上拿着什么摇摇晃晃的东西走了进来。

欧帕尔森夫人大叫一声,从椅子上站起来,像变了个人似的。

"啊,哎呀,我的项链!"

她用双手把项链戴在胸前。我们围拢过来。

"在哪儿找到的?"欧帕尔森问道。

"女仆的床上。藏在钢丝床垫的弹簧里。肯定是她偷走的,然后赶在女服务员进来之前藏在那里了。"

"夫人,能让我看看吗?"波洛绅士地说。他拿过项链近距离检查起来;然后微微颔首,还了回去。

"夫人,恐怕你暂时得把它交给我们,"警官说,"我们要把它作为起诉的证据,不过会尽快还给你的。"

欧帕尔森先生皱了皱眉。

"有必要吗?"

"恐怕是的,先生。只是走个形式。"

"哦,让他们拿去吧,爱德!"他妻子喊道,"他那么干我还觉得安全点。我一想到有人绞尽脑汁要得到它就睡不着觉。那个卑鄙的女人!我再也不会相信她了。"

"好了,好了,亲爱的,别那么大惊小怪了。"

我感觉到有人轻轻拍了我胳膊一下。是波洛拍的。

"我的朋友，我们走吧？我想没有我们什么事了。"

然而，我们刚一出去，他就迟疑住了，然后让我大吃一惊的是，他说：

"我似乎该去看看隔壁的房间。"

门没上锁，我们就进去了。这个房间要大两倍，没有人住。灰尘落得到处都是，而我这位敏感的朋友用手指在窗边的桌上画了个矩形图案，扮了个典型的怪相。

"我们还要留在这里。"他冷淡地说。

他注视着窗外，深思着，似乎正想得出神。

"哦？"我急躁地问道，"我们来这里干吗？"

他开口说话。

"我的朋友，请原谅。我本想看看这扇门是否真从这一侧也锁上了。"

"哦，"我边说边向门上瞥了一眼，这扇门通往我们刚离开的房间，"是锁着的。"

波洛点头。他好像还在思考。

"不管怎样，"我说下去，"有什么关系吗？案子已经了结了。我希望你有更多的机会来展示自己。但这是个连像警官那样的傲慢白痴都不可能搞错的案子。"

波洛摇了摇头。

"这个案子没有结束，我的朋友。直到我们查明是谁偷了珍珠才算结束。"

"是女仆偷的啊！"

"你为什么这么说？"

"为什么，"我结结巴巴地说，"是在——实际上是在她的床垫里发现的。"

"得了，得了，得了！"波洛不耐烦地说，"那不是那些珍珠。"

"什么？"

"我的朋友，那是伪造品。"

这个说法让我大吃一惊。波洛淡然一笑。

"那名优秀的警官对珠宝一无所知。但是眼下可是要有好戏看了！"

"走！"我拽起他的胳膊大声说。

"去哪？"

"我们得马上告诉欧帕尔森夫妇。"

"我觉得不要。"

"可是那位可怜的女士——"

"好吧，那位可怜的女士，就像你称呼她的那样，她要是能相信珠宝安全了，晚上会睡得更好。"

"但是小偷可能会带着东西逃之夭夭！"

"我的朋友，你还像平时一样，不动动脑子就说话。你怎么知道欧帕尔森夫人今晚上了锁的不是假珍珠，怎么知道真的珠宝不是更早之前就被偷走了呢？"

"哦！"我迷惑不解地说。

"就是，"波洛喜不自禁，"我们从头开始吧。"

他带我走出房间，停留了一会儿，像是在思索什么，然后迈步走到走廊的尽头，在一个小屋外面停住了，各个楼层的男女服务员聚集在这个屋里。那名女服务员好像正在里面开小型会议，面对赞不绝口的听众们讲述刚才的经历。她讲到一半被打断了。波洛像往常那样礼貌地鞠了一躬。

"请原谅我打扰到你了，如果你能帮我把欧帕尔森先生房间的门打开，我会感激不尽的。"

这姑娘不情愿地站起身，我俩和她一起下楼来到走廊。欧帕尔森先生的房间在走廊的另一侧，门对着他妻子的房间。女服务员用备用钥匙打开门，我们走了进去。

她正要离开，波洛叫住了她。

"稍等一下，你在欧帕尔森先生的名片里见过这样一张吗？"

他拿出一张纯白色的名片，外表相当光滑，并不常见。

"没有，先生，我得说我没见过。不过男服务员负责收拾先生们的房间，知道的应该更多。"

"我知道了。谢谢你。"

波洛把名片收起来，这位姑娘离开了。波洛似乎稍做思索，接着短促而有力地点了点头。

"把铃拉响，拜托你了，黑斯廷斯。拉三次把男服务员叫来。"

我心中充满好奇，照他说的做了。这时波洛把废纸篓里的东西全倒在地上，并飞快地仔细检查了上面写的东西。

没过多一会儿，男服务员应声而来。波洛问了他同样的问题，然后把名片递给他查看。不过得到的答复相同。这位男服务员从来没见过欧帕尔森先生的物品里有这么一张材质特别的名片。波洛谢过他，他用探询的目光瞥了一眼翻倒的废纸篓和地上的垃圾，有点不满意地走过去收拾，当他把碎纸倒回废纸篓时，波洛若有所思地说着：

"项链上了巨额保险……"

"波洛，"我大声说，"我明白了——"

"你什么都没明白，我的朋友，"他立刻回答说，"跟以往一样，根本一无所知！这事不可思议，但事实就是如此。让我们回到自己的住处吧。"

我沉默不语地回去了。一回到住处，让我感到极为惊讶的是，波洛马上换了身衣服。

"我今晚得去趟伦敦，"他解释道，"势在必行。"

"什么？"

"绝对要去。真正的工作，动脑筋的工作（啊，那些勇敢的小小灰质细胞），已经完成了。我要去确认一些事。我要找出来！没什么能骗得了赫尔克里·波洛！"

"总有一天你会栽大跟头的。"我对他的虚荣心嗤之以鼻。

"别发火嘛，拜托了，我的朋友，我还指望你帮我做件事呢——出于友谊。"

"当然了，"我急切地说，对自己的坏脾气感到很惭愧，"是什么事？"

"我脱下来的外套的袖子——能帮我刷刷吗？你看，上面沾了点白色粉末。你一定看见我用手指头在梳妆台的抽屉外摸索了吧？"

"不，我没看见。"

"你应该观察到我的动作，我的朋友。我的手指因而沾上了粉末，而由于激动过了头，蹭到了袖子上，这是个完全不讲条理的动作，违反了我的全部原则。"

"可那粉末是什么呢？"我问，对波洛的原则我倒是不太感兴趣。

"不是波吉亚家族①的毒药，"波洛眼前一亮，回答道，"我看得出你在发挥想象力了。不过我要说的是，那是滑石粉。"

"滑石粉？"

"是的，家具木匠用这东西是为了让抽屉拉起来更顺滑。"

我扑哧一笑。

---

① 波吉亚家族：一个具有意大利和西班牙血统的罗马教皇家族，也是个被财富、阴谋、毒药、乱伦的阴影笼罩的家族。前后出了三位教皇，教皇父子经常用毒药谋害人。

"你这个老家伙！我还以为你要做什么激动人心的事呢。"

"再会，我的朋友。我会照顾好自己的。我走了！"

他关上门走了。我笑着，一半是嘲笑，一半是情谊，我拾起外套，伸手拿起了衣刷。

2

次日清晨，还没听到波洛的消息。我出去散步，遇到了几个老朋友，和他们在饭店吃了午餐。下午出去兜风。轮胎被扎破，从而延误了行程，我回到大都会酒店时已经过了八点钟。

首先映入我眼帘的是波洛，看起来比往常更矮小，喜不自胜地稳坐在欧帕尔森夫妇中间。

"我的朋友黑斯廷斯！"他边喊边跳起来迎接我，"拥抱我吧，我的朋友；一切都向着奇迹在发展！"

幸好拥抱只是说说而已——对于波洛，你永远搞不清他到底是认真的还是说说而已。

"你的意思是……"我开口说话。

"要我说的话，简直太精彩了！"欧帕尔森夫人臃肿的脸上堆满了笑容，她说，"我不是跟你说过吗，爱德，假如他找不回我的珍珠，那还有谁能呢？"

"你说过，亲爱的，你说过。你说得对。"

我无助地望着波洛，他发现我在看他，便回应道：

"我的朋友黑斯廷斯，你就像你们英国人说的，还蒙在鼓里。坐吧，我要给你讲讲整件事的来龙去脉以及美妙的结局。"

"结局？"

"没错。他们被捕了。"

"谁被捕了？"

"当然是那对男女服务员了！你没怀疑他们吗？我离开时拿滑石粉暗示过你，你没注意到吗？"

"你说那是家具木匠用的。"

"当然是木匠用的——让抽屉更容易滑动。有人想让抽屉拉进拉出不发出一点声响。谁会这么想？显然只能是女服务员。这个计划真可谓独具匠心，不会让人一眼就看穿——甚至赫尔克里·波洛也没能一眼看出来。

"听着，他们是这样做的。那个男服务员在隔壁的空屋子里等着，等法国女仆离开房间。女服务员快如闪电般地急忙打开抽屉，取出珠宝盒，打开门锁，递到门的另一侧。男服务员有的是时间打开盒子，他自己配了一把钥匙。他取出项链，等待时机。等到塞莱斯汀再一次离开房间——唰！一瞬间盒子就又交回来并放进抽屉里了。

"夫人出现，发现东西被偷。女服务员义正词严地要求搜身，离开房间时品行上没有出现一丝瑕疵。那天早晨，女服务员把他们事先仿造的项链藏在了那个法国姑娘的床里面——手段真高啊，这些家伙！"

"那你去伦敦做什么？"

"你忘了那张名片吗？"

"当然没忘。我感到迷惑不解——直到现在也是。我以为——"

我有些迟疑地瞟了一眼欧帕尔森先生。

波洛放声大笑起来。

"玩笑而已！都是为了调查那个男服务员。名片的表面事先经过特殊处理——为了提取指纹。我直接去了苏格兰场，找我的老朋友贾普督察帮忙,把事实摆在他面前。就像我所怀疑的那样,已经证实指纹的所有者是两个有名的珠宝大盗,他们被通缉有一段时间了。贾普跟我过来,逮捕了两个盗窃犯,项链从男服务员的东西里找到了。多么聪明的一对儿,可是他们栽在了方法上。我不是告诉过你吗,黑斯廷斯,至少有三十六次了,没有方法的话——"

"至少三万六千次吧!"我打断他,"他们的'方法'失误在哪里呢?"

"我的朋友,扮作男女服务员是个不错的计划——但他们不能忽视本职工作啊。他们留了间没打扫过的空房间,因此,当那个男的把珠宝盒放在门旁边的小桌上时,留下了一个方形的印记——"

"我想起来了。"我大叫一声。

"之前还不确定。后来——我明白了!"

这时出现了短暂的静默。

"于是我拿回了珍珠。"欧帕尔森夫人像希腊戏剧合唱团那样说了句话。

"好吧,"我说,"我最好去吃点晚饭。"

波洛陪着我一起。

"这回你该得到赞赏了。"我说。

"并不是这样,"波洛平静地回应着,"贾普和当地警察之间会瓜分荣誉。但是,"他拍了拍口袋,"我这里有张支票,欧帕尔森先生给的,你是怎么说的来着,我的朋友?这个周末没能按计划好好度过。下个周末我们再回来——下次由我来买单怎么样?"

首相绑架案

1

既然战争和由此引发的种种问题已经成为过往云烟，我认为把我的朋友波洛在一次国家危机中扮演了重要角色的事情大胆向世人披露出来也不会有什么风险。这个秘密被封锁得很严，新闻界连只言片语也没有捕捉到。但既然需要保密的时代已经过去了，我觉得就该让英国人民知道，是我这位古怪小个子朋友的惊人才智，让英国幸免于一场可怕的灾难。

有天晚饭过后——我不指明确切的日期；只说是在英国的敌人正在鹦鹉学舌般叫嚷着"和谈"之时就足够了——我和我的朋友坐在他的屋子里。因伤退伍之后我又得到了一份工作，晚饭后顺道拜访一下波洛，聊聊他手上的案子，已成了我的习惯。

我有心跟他讨论讨论轰动一时的新闻——就是一次对英国首相大卫·麦克亚当先生的暗杀行动。报纸上的说法显然是经过了严谨的审查，没有透露任何细节，只说首相幸运脱险，子弹只是擦伤了脸颊。

我认为我们的警察必须为他们的粗心大意感到羞耻，竟然差点让这种暴行得逞。我很清楚，在英国的德国特工愿意冒巨大的风险去完成这样一次行动。首相自己的政党为他起的绰号叫"斗士马克"。他全力以赴、毫不含糊地与盛极一时的所谓和平妥协势力做着斗争。

他不仅仅是英国的首相——他就是英国；如果没有他所带来的影响力，那对整个英国来说都会是毁灭性的打击。

波洛在忙着用一小块海绵擦拭灰色的西服。没有谁像赫尔克里·波洛这么注重形象。他酷爱干净整洁，做事井井有条。此时，屋子里充满了苯的气味，他不太可能全神贯注地和我聊天。

"我的朋友，再过一小会儿我就可以和你好好聊聊了。我就快弄完了。有块油污——这可不怎么好——我得把它去除掉——就像这样！"他挥了挥手里的海绵。

我边笑边又点上一支烟。

"眼下有什么好玩的事吗？"过了一两分钟，我问他。

"我帮一个——你们怎么说来着？——'打杂女工'找到了她的丈夫。解决这件棘手的事，要动点脑筋才行。我其实觉得他就算被找到了也不会太高兴。要是你会怎么想？就我而言，我有点同情他。他这个人有分辨是否迷失自我的能力。"

我笑了。

"终于弄完了！这块油污去掉了！我现在听你的差遣了。"

"我是想问问你，你怎么看这次暗杀麦克亚当的事？"

"儿戏！"波洛的回答直截了当，"我没把这事当真。用步枪袭击——根本不会成功。这是陈旧过时的武器。"

"这次非常接近成功了。"我提醒他。

波洛不耐烦地摇摇头。他正要开口申辩，女房东从门外探头进来，通知他楼下有两位先生想要见他。

"他们不肯透露姓名，先生，但他们说事关重大。"

"让他们上来吧。"波洛边说边小心翼翼地把灰色西裤叠起来。

过了几分钟，两位来访者被领了进来。我心头一震，因为我认出走在前面的不是别人，正是下议院领袖埃斯泰尔勋爵；同行人员是伯纳德·道奇先生，他是战时内阁的一名成员，而且据我所知，他也是首相的密友。

"是波洛先生吗？"埃斯泰尔勋爵不敢确定。我的朋友点头致意。这位大人物看了看我，有些迟疑，"我们的事情很私密。"

"你们在黑斯廷斯上尉面前可以畅所欲言，"我的朋友点头示意我不用起身，"他算不上天赋异禀，不算是！但我保证他行事审慎。"

埃斯泰尔勋爵仍然犹豫不决，但道奇先生突然插话说：

"哦，好吧——我们别拐弯抹角了！要我看，整个英国都知道我们就快陷入困境了。时间就是一切。"

"请坐吧，先生们，"波洛彬彬有礼地说，"勋爵，您坐这把大椅子吧？"

埃斯泰尔勋爵略微吃惊："你认识我？"

波洛微微一笑："当然了。我看过些报纸，上面有照片。我怎会不认识您呢？"

"波洛先生，我是就一件十万火急的事情来请教你的。你们必须绝对保密。"

"你相信赫尔克里·波洛的话就是了——我无须多言！"波洛夸张地说。

"这涉及首相。我们有大麻烦了。"

"我们走投无路了！"道奇先生插进话来。

"伤得很严重吗？"我问。

"什么伤？"

"枪伤。"

"哦，那个啊！"道奇先生轻蔑地叫道，"那是老皇历了。"

"正如我的同事所说，"埃斯泰尔勋爵接着说，"那件事已经结束了，也得到了妥善的处理。幸运的是暗杀失败了。我希望第二次袭击也能足够幸运。"

"这么说又有一次暗杀？"

"没错，虽然性质不同，波洛先生，首相失踪了。"

"什么？"

"他被绑架了！"

"怎么可能！"我目瞪口呆地喊道。

波洛瞪了我一眼，我知道这是让我闭上嘴巴。

"不幸的是，看似不可能，却实实在在发生了。"勋爵接着说。

波洛看了看道奇先生。"先生，你刚才说时间就是一切。这句话是什么意思？"

这两人交换了一下眼色，然后埃斯泰尔勋爵说：

"你听说了吧，波洛先生，关于即将召开的协约国会议？"

我的朋友点点头。

"由于一些不言而喻的原因，我们没有披露此次会议召开的时间和地点。尽管没有让报社媒体得到消息，日期还是很自然地在外交圈流传开来。会议将于明天举行——星期四——晚上在凡尔赛宫[①]。现在你能感觉到事态的严重性了吧。我坦率跟你讲，首相出席这次会议事关重大。在我们当中，德国特工已经非常活跃，开始持续宣扬议和。大家普遍认为首相坚韧的性格将成为会议的转折点。他若缺席将导致极为严重的后果——灾难性的虚假和平协议将会成立。没有谁能取代他的地位。只有他能够代表英国。"

波洛的表情变得极为严峻。"那么你认为有人试图直接绑架首相以阻止他参会？"

---

①凡尔赛宫：是巴黎著名的宫殿，也是世界五大宫殿之一。

"肯定是这样。其实他那时正在去法国的途中。"

"而会议就要举行了?"

"明晚九点钟。"

波洛从兜里掏出一只大怀表。

"现在是八点四十五。"

"还有二十四小时。"道奇先生思索道。

"外加一刻钟,"波洛补充道,"不要小看这一刻钟,先生——可能会派上用场。现在我要问些细节了——绑架是发生在英国还是法国?"

"在法国。麦克亚当先生今天早晨到了法国境内。他今晚将作为总司令的座上宾待在那里,明天接着去巴黎。驱逐舰护送他穿越了英吉利海峡。在布伦①,有陆军总司令部的车接他,其中还有一位防空司令部的总司令。"

"然后呢?"

"嗯,他们从布伦出发——但根本没到达目的地。"

"什么?"

"波洛先生,汽车和防空司令部都是假冒的。有人找到真正的车停在路边,司机和司令都被人干净利索地绑了起来,嘴被塞住了。"

"那辆冒名顶替的车呢?"

"仍然逍遥法外。"

波洛略显急躁地摆了摆手。"难以置信!它肯定不会藏匿得太久吧?"

"我们也是这么想的,这看似只是来个彻底搜查就能解决的

---

①布伦:法国北部港口城市。

问题。法国那个地区受陆军法管辖。我们相信用不了多久就能发现那辆车。法国警察、苏格兰场的我方人员和军队都会竭尽全力。可就像你说的，真是难以置信——什么都没发现！"

这时有人敲门，一个年轻的官员走了进来，手里捧着一个密封的厚信封，交给了埃斯泰尔勋爵。

"刚从法国发来的，勋爵。照您吩咐的，我带到这来了。"

大臣急忙把信撕开，发出一声惊叹。那个官员退了出去。

"这是最新消息！这封电报刚刚译出来。他们在 C 地附近一个废弃的农场找到了另一辆车，还有秘书丹尼尔斯，他被人用氯仿麻醉，堵上嘴，还被绑着。他什么都记不起来了，只记得什么东西从脑后伸过来，按住了他的嘴和鼻子，他极力挣扎，然后就失去了意识。警察相信他所讲述的都是真的。"

"没什么其他发现了吗？"

"没有。"

"没有首相的死尸？那就还有希望。但有点奇怪。他们今天早上试图射杀他，为什么现在却要如此费劲地留着他的命？"

道奇摇了摇头说："有一件事非常确定。那就是他们会不惜一切代价阻止他参会。"

"只要有一线希望，首相就能赶去参会。上帝保佑，希望还没有太迟。现在，先生们，给我讲讲——从头开始。我还必须了解这次的枪击事件。"

"昨晚，首相由一位秘书陪着，丹尼尔斯上尉——"

"和陪他去法国的是同一人？"

"是的。就像我说的，他们开车去温莎①，首相在那里有一场

---

①温莎：位于伦敦以西的城市。

会谈。今晨早些时候他返回市里，暗杀事件就发生在回城的路上。"

"等下，对不起。丹尼尔斯上尉是谁？你有他的档案吗？"

埃斯泰尔勋爵微微一笑。"我就猜到你会问这个。关于这个人我们了解得并不太多。他出自普通家庭，在英国军队服过兵役，是个极为能干的秘书，精通多种外语。我相信他会说七种外语。正是出于这个原因，首相选择带他一起去法国。"

"他在英国有亲属吗？"

"有两个姑妈。一位是埃弗拉德太太，住在汉普斯特德，另一位是丹尼尔斯女士，住在阿斯科特附近。"

"阿斯科特？那不是离温莎很近吗？"

"这一点我们也注意到了。不过没什么发现。"

"你认为丹尼尔斯上尉不值得怀疑吗？"

埃斯泰尔勋爵回答的声音里透着些许的苦涩：

"没有，波洛先生。就目前的情况来看，任何人在排除嫌疑之前我都会考虑在内。"

"好的。我现在明白了，先生，首相理所当然应该由警察密切保护，避免他遭受任何袭击，对吗？"

埃斯泰尔勋爵点了点头。"是这样。便衣警察乘坐另一辆车紧紧跟在首相的车后面。麦克亚当先生并不知道这些防范措施。他这个人的性格真是无所畏惧，如果知道的话，他会直接让这些人都走开。但警察当然有自己的安排。其实首相的司机欧墨菲是刑事调查局的人。"

"欧墨菲？这是个爱尔兰名字吧，不是吗？"

"没错，他是个爱尔兰人。"

"来自爱尔兰哪里？"

"克莱尔郡,我记得是。"

"喔!勋爵,请继续。"

"首相去往伦敦方向。车是全封闭的。他和丹尼尔斯上尉坐在里面。还有一辆车像以往一样尾随其后。可不幸的是,不知什么原因,首相的车偏离了主干道——"

"是在公路一个转弯的地方吗?"波洛插了句话。

"是的——可你是怎么知道的?"

"哦,显而易见!请继续吧!"

"不知什么原因,"埃斯泰尔勋爵接着说,"首相的车驶离了主干道。警车没注意到偏离,仍在大路上行驶。首相的车在人迹罕至的小路上行驶了一段距离,突然被一队蒙面人拦住。司机——"

"那个勇敢的欧墨菲!"波洛沉思着说。

"司机当时吓了一跳,赶忙踩住刹车。首相把头伸出窗外。有人突然开了一枪,接着又是一枪。第一枪擦到了首相的脸颊,第二枪幸运地打偏了。此刻司机意识到了危险,马上向前一直开,驱散了那群人。"

"大难不死啊。"我打了个冷战,脱口而出。

"麦克亚当先生表示受这点小伤不必大惊小怪。他说只不过是擦伤而已。他在当地一家乡村医院做了包扎和护理——当然没有透露真实身份。然后他就按日程直接驱车前往查令十字火车站,那里有一趟去多佛的专列在等他。丹尼尔斯上尉简单地跟焦急的警察解释了刚才发生的事之后,就按时出发去法国了。他在多佛港登上了待命的驱逐舰。到了布伦后,就像你知道的那样,插着英国国旗的冒牌车在等着他,每一处细节都和真车完全相同。"

"你要告诉我的就是这些了吗？"

"是的。"

"有没有什么事被你给省略掉了，勋爵？"

"对了，还有一件相当奇怪的事。"

"什么事？"

"首相的车在离开查令十字火车站之后就没有回来。警察急着找到欧墨菲，所以马上展开了搜查。在SOHO区一家破烂的小餐馆外面发现了那辆车，众所周知那里是德国特工碰头的地点。"

"那个司机呢？"

"哪儿都找不到司机。他也失踪了。"

"这么说，"波洛思索着说道，"有两起失踪案：首相在法国，还有欧墨菲在伦敦。"

他敏锐地看着埃斯泰尔勋爵，勋爵做出个手势表示无望。

"我只能跟你说，波洛先生，若是在昨天，有人跟我说欧墨菲是叛徒，我会当面笑话他的。"

"那现如今呢？"

"现如今我也不知道该怎么想了。"

波洛严肃地点点头。他又看了看那只大怀表。

"按我的理解，这事是全权委托给我的吧，先生们——各个方面都是，对吗？我可以去任何地方，采取任何手段。"

"完全正确。一小时后有一班去多佛的专列，还有苏格兰场的代表一起去。有军官和刑事调查局的人与你同行，他们任凭你调遣。这样可以吗？"

"很好。先生们，在你们走之前我还有个问题要问。是什么原因促使你们来找我的？在偌大的伦敦市里，我默默无闻且鲜为人知。"

"是贵国一位大人物特意推荐我们来找你的。"

"怎么？是我的老朋友省长吗？"

埃斯泰尔勋爵摇了摇头。

"比省长级别高。是个在比利时一言九鼎的人——以后也会是！英国发过誓支持他！"

波洛迅速把手举起，夸张地做了个敬礼的动作。"为此祈祷！啊，我的主人没有忘记——先生们，我，赫尔克里·波洛，会忠诚地为你们效劳。愿上帝保佑一切还来得及。不过这事有点乱——有点乱……我还没搞清楚。"

"哎，波洛，"两位长官关门离开后，我急忙问道，"你是怎么想的？"

我的朋友忙着整理小行李箱，动作敏捷熟练。他沉思着摇了摇头。

"我也不知道该怎么想。我的脑子不好使了。"

"就像你说的，为什么绑架他，杀掉他不就都解决了吗？"我苦思冥想。

"不好意思，我的朋友，我并没有真的那么说。毫无疑问，绑架更能帮他们实现目的。"

"为什么？"

"因为不确定性会导致恐慌。这是一个原因。假如首相死了，将是个大灾难，人们将不得不去面对、处理这个情况。可现在就难办了。首相是会重新出现，还是就此消失呢？他是死是活？没人知道。而且，除非知道他的生死，否则他们没法采取确切的行动。像我跟你说的，不确定性导致恐慌，这是德国人玩的把戏。另外，如果绑匪把他秘密带到一个地方，就有利于他们达成双边协议了。通常来说，德国政府不是个大度的买主，但在这种情况下，无疑会被迫出重金的。第三点，他们不用冒着上绞刑架的风险。哦，说到底，他们犯的只是绑架罪。"

"那如果是这样的话，为什么一开始要向他开枪呢？"

波洛做了个愤怒的手势。"啊，这正是我不理解的地方！太令人费解了——我真是愚蠢！他们做好了准备绑架的所有安排（安排得天衣无缝！），然而却制造了那起戏剧性的枪击事件，差点毁了整个行动，真像部电影，毫无真实感。几乎没法相信，一伙蒙面人会出现在离伦敦不到二十英里的地方！"

"或许是两次单独的袭击，两次事件的发生毫无关联。"我提议道。

"哦，不会，那样的话巧合也太多了！那么，进一步想想——谁是叛徒？不管怎么说，这里面一定有个叛徒——在第一个案子里。但能是谁呢？丹尼尔斯还是欧墨菲？一定是这两人中的一个，否则为什么车会驶离主路？很难想象首相会密谋一起暗杀自己的行动！是欧墨菲拐进了小路，还是丹尼尔斯让他那么做的呢？"

"当然是欧墨菲要这么干的了。"

"是的，若是丹尼尔斯，首相就会听见他下达指令，从而问他原因。不过这个案子里还留有太多悬而未决的问题，它们之间相互矛盾。如果欧墨菲是个诚实的人，他为什么要驶离主路？可如果他不诚实，为什么枪只响了两声他就再次发动了汽车呢？也许是在救首相的命？再说了，假如他是个老实人，为什么他一离开查令十字火车站就立即把车开到了一个有名的德国间谍聚集地？"

"看上去真是糟糕。"我说。

"让我们有条理地审视一遍案情。我们支持和反对这两个人的论点都有哪些？先说欧墨菲。反对：他开车驶离主路，这点很可疑；他是个来自克莱尔郡的爱尔兰人；他失踪的方式极其可疑。支持：他迅速重新启动汽车，救了首相的性命；他是苏格兰场的人，而且从分配给他的岗位来看，是个值得信任的刑警。再来看丹尼尔斯。没有太多反对他的点，除了我们对他的过往一无所知，还有对于一个英国人来说，他会讲的语言太多了点！（请原谅，我的朋友，语言学家们天生就很可疑！）再说支持他的方面，我们掌握的事实是他被人塞住嘴巴，被麻晕后捆住——这使他看上去似乎与本案没什么关系。"

"他有可能为了摆脱嫌疑自己绑住自己，塞住嘴巴。"

波洛摇摇头。"法国警察对那样的情况不会判断失误的。另外，一旦他达到目的，首相成功被绑架，他留在那里也没什么太大的用处。当然他的同谋可以塞住他的嘴巴，麻晕他，但我没看出他们合伙这么做的目的是什么。因为对于他们来说，此时他已经没什么用了，在将与首相相关的情况查清之前，他都会处于严密的监视之下。"

"也许他想给警察提供假线索？"

"那他为什么不早这么做呢？他只是说有东西按住了他的鼻子和嘴，然后就什么都不记得了。这也不像虚假的线索，听起来非常像真实情况。"

"嗯，"我扫了眼钟，说，"我想我们最好出发去车站了。在法国或许能找到更多线索。"

"也许吧，我的朋友，但我不确定。我还是觉得很不可思议，他们居然在那么一片有限的区域内都找不到首相，因为想把首相藏起来难度必然极大。连两国的军队和警察都找不到他，我又能怎样呢？"

我们在查令十字火车站见到了道奇先生。

"这位是苏格兰场的巴恩斯探长，这位是诺曼少校，他们完全听你调遣，祝你好运。这件事太糟糕了，但我没放弃希望。现在该走了。"这位大臣说完就快步离开了。

我们断断续续地和诺曼少校交谈着。我从站台上的一小拨人里认出了一个长得有点像雪貂的小个子，他正在和一个高大英俊的男人说话。他是波洛的老熟人了——贾普探长，被公认为是苏格兰场里最聪明的警官之一。他兴冲冲地过来问候我的朋友。

"我听说你也在为这件事奔波。他们真有一手。到目前为止还能把人藏得严严实实。但我相信他们不会把首相藏得太久。我们的人正在法国进行严密的搜索。法国方面也是。我感觉剩下的只是时间问题而已。"

"前提是他还活着。"那个高个子探长悲观地说。

贾普的脸一沉。"没错……但不知道怎么我总觉得他还活着。"

波洛点点头。"是的，没错，他活着。可是我们能及时找到他吗？我也像你一样，相信他不会被藏匿得太久。"

哨声响起，我们都走进了车厢。随着一阵缓缓的汽笛声，火车驶出了站台。

那是一次奇特的旅行。苏格兰场的人凑在一起。他们把法国北部地图铺开，急切地用食指循着道路和村庄的路线搜索。每个人都有自己推崇的论点。波洛没有像平常那样口若悬河，而是坐着凝视前方，我从他脸上看到了一种孩童般迷茫的神情。我跟诺曼聊着天，发现他真是个有趣的家伙。到了多佛港，波洛的一举一动着实让我忍俊不禁。这个小个子一上船就拼命抓住我的胳膊。风猛烈地吹着。

"我的天哪!"他嘟囔着,"太可怕了!"

"鼓起勇气,波洛,"我叫道,"你会成功的,能找到首相,我确信这一点。"

"啊,我的朋友,你领会错我的意思了。是这令人讨厌的大海给我添乱!晕船——多么可怕的痛苦啊!"

"哦!"我真是惊讶。

刚感受到发动机开启的震动,波洛就闭上眼睛呻吟起来。

"诺曼少校有张法国北部的地图,你想不想拿来研究一番?"

波洛不耐烦地摇摇头。

"不用,不用!别管我了,我的朋友。想想吧,你的胃和脑子肯定能正常运转。拉韦吉耶是防止晕船最管用的方法。吸气——呼气——慢慢地,然后——头从左边转到右边,每次边呼吸边数六个数。"

他努力做他的晕船操,我去甲板上了。

当我们缓缓驶入布伦时,波洛衣着整齐地出来了,面带笑容,小声跟我说拉韦吉耶那套方法成功了,"真是个奇迹!"

贾普还在用食指在地图上比画和猜想着路线。"荒唐!车从布伦出发——他们是在这里分开的。看,我的想法是他们把首相转移到另一辆车上了。看到没?"

"嗯,"高个探长说,"我会监视港口。十有八九,他们偷偷把他带上了船。"

贾普摇了摇头。"太招摇了。出事之后上面当即下令封锁了所有港口。"

我们上岸的时候天刚刚破晓。诺曼少校拉了下波洛的胳膊。"有辆军车在这儿等着您,先生。"

"谢谢你,先生。不过我暂时不打算离开布伦。"

"什么?"

"是的,我们要住在码头旁边的这家旅馆里。"

他真就按他说的做了,随后订了一个单人间。我们三个迷惑不解地跟着他。

他飞快地扫了我们一眼。"这不是个好侦探应有的做法,对吗?我理解你们的想法。好的侦探应当精力充沛。他一定到处跑来跑去。他应当趴在满是灰尘的路上,拿着个小放大镜寻找轮胎印迹。他会采集烟头,还有掉落的火柴棍,你们是这么想的,对不对?"

他挑衅地看着我们。"但是我——赫尔克里·波洛——告诉你们不是这样的!真正的线索在——这里!"他轻轻指了下额头,"跟你们说,我其实不需要离开伦敦。我只需静静地坐在我自己的房间里就足够了。一切问题都由这里的小灰细胞解决。它们秘密地、默默地履行职责,直到我突然叫人拿来一张地图,然后手指指向一个地方——就这样——我说:首相在那里!就是这样了!方法和逻辑能完成任何事情!匆匆忙忙赶到法国就是个错误——这是在玩小孩捉迷藏的游戏。可是现在想这些已经太晚了,我要立刻用脑子开始工作了。安静点,我的朋友,拜托你了。"

这个小个子一直静静坐着不动,长达五个小时之久,像猫一样眨着眼睛。他绿色的眼睛闪烁着,渐渐变得越来越绿。苏格兰场的人显然对此嗤之以鼻,诺曼少校觉得有点乏味,显得很不耐烦,我自己也发觉时间慢得令人厌倦不已。

最后,我站了起来,用尽可能轻的脚步走到窗户旁边。事情正在发展为一出闹剧。我私下里开始担心我的朋友。如果他失败了，我更愿意他别失败得太狼狈。我无所事事地看着窗外，离岸的船只喷出直向上升的浓烟，它们正要驶离港口。

突然波洛在旁边叫我。

"朋友们，我们出发吧！"

我转过身。我的朋友来了个一百八十度大转弯。他兴奋地眨着眼睛，胸口鼓得不能再鼓了。

"我真是蠢啊，我的朋友们！不过最终还是看到了胜利的曙光。"

诺曼少校急忙走到门口。"我去叫车。"

"不用了。我不用车。谢天谢地，风停住了。"

"您的意思是走着去，先生？"

"不，年轻的朋友。我又不是圣彼得。我更愿意坐船跨海。"

"跨海？"

"没错。想要有条理地工作，必须从起点开始。这个事件的起点在英国。因此，我们回英国去吧。"

2

三点钟的时候，我们再次站在查令十字火车站的站台上。波洛对我们所有人的劝告都充耳不闻，再三重复着从起点开始并不是在浪费时间，而是必经之路。在路上，他小声和诺曼商量着什么，诺曼在多佛发了一大摞电报。

因为有诺曼的特殊通行证，我们才能在各个地方快速穿行。到了伦敦，一辆大型警车正在等着我们，还有些便衣警察，其中一位把一张打印出来的纸递给我的朋友。他看到了我疑惑的目光，回应道：

"是一个伦敦以西一定范围内的乡村诊所名单。我在多佛时发了电报要的。"

我们飞快地在伦敦的街道间穿梭,来到了巴斯路。我们向前走,穿过哈默史密斯、奇斯威克和布伦特福德。我渐渐开始明白我们要干什么了。接着,我们穿过温莎来到了阿斯科特。我心头一震。阿斯科特是丹尼尔斯的姑妈居住的地方。所以我们要找的不是欧墨菲,而是他。

我们最终停在了一座整洁美观的别墅门前。波洛从车里跳出来,按响了门铃。我看见他迷茫地皱着眉,愁容满面。很明显,没太如他所愿。有人应声来开门,请他进去。过了几分钟他又出来了,一下子钻进车里,使劲地摇头。我的心情也开始变得沉重。现在已经过了四点钟。即使他抓到了丹尼尔斯犯罪的证据,除非他能迫使谁说出首相在法国被扣押的准确地点,否则又有什么用呢?

回伦敦的行程断断续续的。我们不止一次从主路开出去,偶尔在小楼前面停下来,我很快就认出来那些是乡村诊所。波洛在每一所只花上几分钟,每停下来一次他都会变得更加容光焕发。

他跟诺曼窃窃私语,后者这么回答道:

"是的,如果你向左转弯,就会看见他们在桥边等着。"

我们开到小路上。在昏暗的灯光下,我辨别出有另一辆车等在路边。有两个人穿着便衣在车里面。波洛下车和他们说了几句话,然后我们继续向北驶去,那辆车跟在后面。

我们行驶了一段时间,目的地越来越明显,就是伦敦北部的郊外。最后,我们开到了一幢高大的房子门前,这幢房子坐落在距离公路不太远的地方。

我和诺曼留在车里。波洛和一位探长去叫门。一个衣着整洁的女仆打开门。探长开口说道：

"我是警察，要搜查这所房子，我们有搜查证。"

那个姑娘吓了一跳，一位俊俏的高个子中年女性从门厅走到她身后。

"把门关上，伊迪丝。他们肯定是贼。"

然而波洛迅速把脚伸进门里，同时吹了声口哨。其他的警探立即一拥而入，冲进房子，关上了身后的门。

他们命令我和诺曼不能下车，我们对此耿耿于怀，等了有五分钟，门开了，他们押着三个犯人走了出来——一个女人和两个男人。女人和其中一个男人被带进了另一辆车。还有个男人被波洛带进了我们的车。

"我必须跟其他人过去，我的朋友。请照顾好这位先生。你不认识他吧，对吗？好的，让我给你引见一下，欧墨菲先生！"

欧墨菲！车又开动起来，我瞠目结舌地看着他。他没戴手铐，不过我认为他也跑不了。他坐在那里神情恍惚地盯着前面。不管怎么说，我和诺曼对付他绰绰有余。

奇怪的是，我们还在向北方行驶。我们没有回伦敦！我大为不解。突然车慢了下来，我看出来了，这是亨顿机场附近。我一下子明白了波洛的主意，他是打算坐飞机去法国。

不过从表面上看，这个主意是有点冒险了，不大可行。用电报会快得多嘛。时间就是一切。他必须把亲自营救首相的荣誉留给其他人。

我们的车一停下，诺曼少校就跳下车，一个便衣警察坐到了他的位置。少校和波洛商量了一会儿，然后很快就离开了。

我也下了车，抓住波洛的胳膊。

"老伙伴，祝贺你啊！他们向你坦白藏身之处了吧？你得马上给法国那边发电报。如果你直接过去就太迟了。"

波洛愕然地看了我一会儿。

"我的朋友,不巧的是,有些事靠电报是无法解决的。"

3

这个时候,诺曼少校回来了,跟他在一起的还有一位身着空军军服的年轻指挥官。

"这位是莱尔上尉,他会带您飞往法国。可以马上起飞。"

"穿暖和点吧,先生,"这位年轻的飞行员说,"如果需要的话,我可以借您一件外套。"

波洛在看他的大怀表。他自言自语道:"是啊,时间——时间很重要。"然后他抬起头,微微躬身,礼貌地向年轻军官说,"非常感谢,先生。不过你要送的乘客不是我,是这边这位先生。"

他说着往旁边一闪,一个身影从昏暗之中走了出来。他是坐在另一辆车的第二个男性罪犯。灯光照在他脸上的那一刻,我不禁大吃一惊。

他是首相!

4

"看在上帝的分上,快告诉我们是怎么回事吧。"当波洛、诺曼和我开车返回伦敦时,我急不可耐地问道,"他们到底是怎么把他绑架回英国的?"

"不需要绑架回英国,"波洛冷冷地回答说,"首相从来就没离开过英国。他是在从温莎去伦敦的路上被绑架的。"

"什么?"

"我会把一切都解释清楚的。首相在车里,他的秘书挨着他。突然一块浸有麻醉剂的布捂在他脸上——"

"可这是谁干的?"

"是狡猾的语言专家丹尼尔斯上尉干的好事。首相刚失去意识,丹尼尔斯就拿起传话筒,让欧墨菲向右转,而司机一点都没生疑。沿着荒僻的道路行驶了一段距离,有一辆大型车停在路边,似乎是出了故障。大车司机示意欧墨菲停下。欧墨菲把车速降了下来。那个陌生人走上前去。丹尼尔斯探出窗户,借着瞬间起效的麻醉剂,比如氯乙烷,故技重施。在几秒钟之内,两个毫无反抗能力的人就被拖出来抬到另一辆车上,换了两个人代替他们。"

"不可能!"

"完全可能!你没看过音乐厅里惟妙惟肖的名人模仿秀吗?没什么比冒充公众名人更容易的了。英国首相可比克拉珀姆的约翰·史密斯先生要好学得多。至于欧墨菲的'替身',在首相失踪以前,没人会太注意他的,之后他基本不再露面。他开车直奔查令十字火车站,去找他朋友碰头。进去时是欧墨菲,出来时是另一个完全不同的人。欧墨菲失踪了,顺便给人留下了很可疑的迹象。"

"可假扮首相的人却在众目睽睽之下啊!"

"他并没有被私下里熟识他的人看见。丹尼尔斯尽量防止他与别人接触。此外,他的脸缠着绷带,任何异常的行为举止都能被归结为枪击案的后遗症。麦克亚当先生的嗓子不太好,在重要演讲之前总是尽可能少说话。直到去法国之前这种欺骗都很容易。之后就行不通了，根本没办法——因此首相失踪了。我们国家的警察急急忙忙穿越英吉利海峡，没人仔细研究第一次遇袭的细节。丹尼尔斯被堵住嘴，又被迷晕，都是为了让绑架发生在法国的假象更令人信服。"

"那假扮首相的人呢？"

"他自己去掉了伪装。他和假扮司机的人也许被当作可疑分子抓了起来，但人们做梦也想不到他们在这个戏剧性的事件中真正扮演的角色，最终他们会因为证据不足而被释放。"

"那么真正的首相呢？"

"他和欧墨菲被人开车直接带到了'埃弗拉德太太'的家，在汉普斯特德，就是丹尼尔斯所谓'姑妈'的家里。她的真实身份是贝莎·埃本赛尔夫人，警察通缉她有一段时间了。这是我送给他们的一个珍贵的小礼物——更别说还有丹尼尔斯了！啊，真是个聪明的计划，可是他没有料到赫尔克里·波洛技高一筹！"

我觉得对我朋友此刻的虚荣心应当不予计较。

"你是从什么时候开始怀疑到事件真相的？"

"当我步入正轨的时候——从脑子里开始思考的时候！我想不通枪击事件——但当我意识到，枪击会导致首相脸上缠着绷带去法国时，我就开始明白了！而我在调查从温莎到伦敦所有乡村诊所的过程中，发现没有人符合我的描述，那天早上没有人脸部受过包扎和护理，我确定了！那之后的事情，对我这样高智商的人来说就是小孩子的把戏了！"

第二天早晨，波洛给我看了一封刚收到的电报。上面没写发送地点，也没有署名，只是写着：

及时赶到。

后来晚报上刊登了协约国会议的进程。报纸上着重强调大卫·麦克亚当先生受到了热烈欢迎,他振奋人心的演讲产生了深远的影响。

达文海姆先生失踪案

我和波洛正期待着与苏格兰场的老友贾普督察喝茶会面，在茶桌旁等待他的到来。波洛刚把茶杯和托盘仔细摆放好，因为女房东总是习惯随意扔过来，而不是好好放在桌上。他还使劲往金属茶壶上哈了一口气，用丝绸手帕擦得锃亮。水壶还在烧，旁边小搪瓷锅里盛有浓浓的香甜巧克力。波洛比较喜欢这口味，可他管这个叫"你们英国的毒药"。

一阵急促的"砰砰"敲门声从楼下传来，不一会儿就见贾普快步走了进来。

"希望我没来晚，"他边说边和我们打招呼，"说实话，我一直在和米勒讨论案情，他负责达文海姆一案。"

我竖起耳朵来听。最近三天来，报纸上满是达文海姆先生的离奇失踪案，他是达文海姆和萨蒙银行的资深合伙人，也是著名的银行家和金融家。上个星期六，他离开自己的家之后就再也没有人见过了。我盼望着从贾普口中能获取一些值得关注的细节。

"我原以为，"我说，"现如今，还有人'失踪'几乎是不可能的事。"

波洛把一盘面包和黄油挪动了八分之一英寸，尖锐地问道：

"确切点说，我的朋友。你说的'失踪'是什么意思？你指的是哪种类型的失踪？"

"失踪还要分门别类吗？"我笑了起来。

贾普也笑了。波洛冲我们俩皱起眉头。

"当然分了！失踪分为三类：第一种，也是最为常见的，主动消失。第二种，多是由于'失忆'。不常见，不过也时有发生。第三种是谋杀，有可能顺利把尸体处理掉了。你是指所有这三种都不可能发生吗？"

"我认为差不多。他可能失忆了，但有人会认出他的——特别是这个案子。达文海姆简直家喻户晓。还有'尸体'不可能凭空消失。早晚会暴露，不管是藏在荒郊野岭还是旅行箱里。谋杀早晚会真相大白。同样，不论是潜逃的职员还是逃避家庭责任的人，在如今无线电报的时代都必然能被追查到。他可能辗转去外国，港口和火车站都有人监视；至于藏匿于本国，经常看日报的人都熟悉他的特征和长相。他是在与文明作对。"

"我的朋友，"波洛说，"你犯了个错误。你没有考虑到这样的事实：他可能会决定杀死另一个人，或者自杀——那么他会是个稀有的案例，是个做事有条理的人。他可能会用上自己的智力、才能和计算细节时的小心谨慎；他完全有可能骗过警察的眼睛。"

"但骗不了你吧？"贾普朝我使了个眼色，心平气和地说，"他骗不了你吧，波洛先生，嗯？"

波洛竭力想表现得谦虚点，但没有掩饰成功。"我也会上当！为什么不会？确实，我解决这些问题用到了精确的科学，像数学运算一样精确，唉，新一代侦探里这种人太少了！"

贾普笑得更明显了。

"这我可说不准，"他说，"负责这个案子的米勒是个聪明的家伙。毋庸置疑，他不会漏掉任何一个脚印、一丝烟灰甚至是碎屑。他的眼睛能捕捉一切。"

"我的朋友，"波洛说，"伦敦也有这样的小麻雀啊。不过我还是不会请这只棕色的小鸟去解决达文海姆先生的案子。"

"这么说的话，先生，你不打算认可细节作为线索的价值喽？"

"绝对不是。那些东西都是非常有用的。问题是它们的重要性被过分夸大了。大多数细节是无关紧要的；只有一两个极为重要。要用脑子，用这些灰色小细胞——"他轻轻指了指前额，"必须依赖这里才行。感官会迷惑人。要找出真相，一定得靠大脑，而不是表象。"

"波洛先生，你的意思是不是说，你只要坐在椅子上就能破案了？"

"我就是这个意思——只要把准确的事实摆在我面前。我把自己看作一名咨询专家。"

贾普拍了拍他的膝盖。"我要是不把你的话当真才怪。但我和你赌五英镑，赌你一周之内没办法找到——或者是告诉我在哪能找到——达文海姆先生，无论死活。"

波洛稍作考虑。"好的，我的朋友，我同意。打赌消遣是你们英国人热衷的事情。现在，说说事实经过吧。"

"上个星期六，像往常一样，达文海姆先生乘坐十二点四十的火车从维多利亚到切恩塞德，他富丽堂皇的雪松别墅就坐落在那里。午餐之后，他绕着院子闲逛，给园丁发出各种各样的指示。大家都觉得他的行为举止完全正常，和平时没什么两样。吃过下午茶，他走到妻子的卧房探头进去，说要去村子里转转，寄些信件。他还说要等一位洛温先生，有生意上的事要谈。如果客人到了他还没回来，就把客人领进书房里等一会儿。达文海姆先生从前门离开家，悠闲自得地穿过小路，走出大门，就再也没出现过了。从那一刻起，他消失得无影无踪。"

"漂亮——相当漂亮——这个小问题真是太有意思了，"波洛喃喃低语,"继续说,我的好朋友。"

"大约过了一刻钟,一个高个子、皮肤黝黑、留着浓密黑胡子的男人按响了前门的门铃,他报上了洛温的名字,说自己事先与达文海姆先生有约,然后夫人便按照银行家的吩咐把他带进了书房。差不多过了一个小时,达文海姆先生还没回来。最后洛温先生说,他不能再等下去了,因为他必须坐火车回城了。

"达文海姆夫人为她丈夫的爽约而道歉,但错不在她,因为她知道他在盼着这位拜访者的到来。洛温先生再次表示遗憾,然后离开了。

"嗯,众所周知,达文海姆先生没有回来。星期日一大早警察就被叫了去,可是却对这件事理不出头绪来。达文海姆先生简直像是凭空消失了。他没去邮局;也没人看见他穿过村庄。在火车站,警察也证实了他没有乘火车离开。他自己的车在车库里没有开出去过。如果他是雇了辆车接他到偏僻的地点,那么到现在也几乎可以否定了,因为没有司机前来告知情况并领取大笔奖金。的确,五英里外的恩菲尔德有一场小型赛马会,如果他步行到车站,也许可以在人群中走过而不被注意。不过从那天起每家报纸都大肆报道这件事,里面有他的照片和完整的描述,还是没人能提供关于他的任何消息。当然,我们收到了来自英国各地的许多来信,但是直到目前为止,每个线索都以失望告终。

"星期一早上,一个更加惊人的发现被曝光出来。达文海姆先生书房的门帘后面有一个保险柜,而这个保险柜被人撬开,洗劫一空。窗户从里面牢牢锁住,似乎不像普通的盗窃,当然,除非家里有同谋后来又把窗户插上了。另一方面,周日一整天都在调查,家里人一直处于混乱状态,盗窃很可能周六就发生了,直到周一才被发现。"

"的确是,"波洛干巴巴地说,"那么,他被逮捕了吗,那个可怜的洛温先生?"

贾普略微一笑。"还没有。不过他处在严密的监视之下。"

波洛点点头。"保险柜里丢了什么东西?你们搞清楚了吗?"

"我们问过了达文海姆先生的夫人和他公司里的初级合伙人。显然里面有一些数量可观的无记名债券,还有因为不久前的交易留下的大笔现金,以及一大堆珠宝。达文海姆夫人所有的珠宝都存在保险柜里。近几年,她丈夫购买珠宝的热情越来越高,他不到一个月就会买一些稀世之宝送给她当礼物。"

"加在一起是一大笔财富啊,"波洛若有所思地说,"那么,洛温的情况怎么样?他和达文海姆那天傍晚要谈的生意你们知道吗?"

"嗯,这两个人的关系似乎不太好。洛温是个小本生意的投机商。虽然如此,他还是有一两次在生意场上占了达文海姆的便宜,不过他们实际上好像很少,甚至从来不见面。达文海姆想谈南美股份的事才约他过来。"

"这么说达文海姆对南美洲感兴趣了?"

"想必是这样。达文海姆夫人提到过他整个秋天都是在布宜诺斯艾利斯度过的。"

"他的家庭生活有什么矛盾吗?夫妻俩相处得融洽吗?"

"他的家庭生活大概非常和谐融洽。达文海姆夫人是个和蔼可亲、头脑不太灵敏的女人。我觉得她在这家里没什么存在感。"

"那我们就不用在这方面寻找谜题的答案了。他有什么仇人吗?"

"他在生意上的竞争对手有很多,毫无疑问,他战胜过许多人,这些人对他不会有什么好看法。但也不太可能有人想要他的命——而且，如果他们杀了他，尸体在哪里？"

"没错。就像黑斯廷斯说的，尸体早晚会暴露出来。"

"顺便说一下，有园丁说他看到过一个身影沿着房子的一侧朝玫瑰园走去。书房的大落地窗就是朝玫瑰园开着，而且达文海姆先生经常从那边走进园子里，或者进出家门。但是那个人在黄瓜架那边忙着干活，距离有点远，甚至说不准是不是他主人的身影。他也说不清准确的时间。但肯定是在六点之前，因为园丁们到那个点就下班了。"

"达文海姆先生离开家的时间呢？"

"五点半前后。"

"玫瑰园往前是什么地方？"

"有个湖。"

"有船屋吗？"

"是的，有两只平底船在那儿。我猜你在想有可能是自杀吧，波洛先生？嗯，我不介意告诉你，米勒打算明天过来把那一片水抽干了仔细看看。他就是那样的人！"

波洛微微一笑，然后看向我。"黑斯廷斯，麻烦你把那份《每日播报》递给我。如果我没记错的话，那里面有一张失踪者极为清晰的照片。"

我站起身，找到了他要的那一张。波洛全神贯注地研究着相貌特点。

"嗯！"他讷讷地说，"他留着相当长的头发，连鬓络腮胡子，浓密的眉毛。眼睛是黑色的？"

"是的。"

"头发和胡子开始变得灰白了？"

探长点点头。"嗯，波洛先生，你对此怎么看？一清二楚了，嗯？"

"正相反，几乎令人费解。"

这位苏格兰场的老兄看起来很得意。

"这让我看到了有很大的希望解决它。"波洛平静地总结道。

"嗯？"

"案情暧昧不明是个好迹象。假如一件事太明显——好嘛，别信它！是有人布置好的。"

贾普差不多是同情地摇了摇头。"好吧，仁者见仁，智者见智。不过看清你前面的路不是件坏事。"

"我不看，"波洛低声说，"我闭上眼睛——去思考。"

贾普叹了口气。"好吧，你有整整一周时间可以去好好思考。"

"你要把捕捉到的最新进展提供给我——比如说那位努力工作且目光犀利的米勒督察取得的成果？"

"当然。一言为定。"

"打这个赌有点丢人，是不是？"我陪贾普走到门口时，他对我说道，"就像在抢劫一个孩子！"

我用微笑表示再同意不过了。我回到房间里时都还在笑。

"好啊！"波洛一见我就说，"你在取笑波洛老爹，是不是？"他对我摇了摇手指。"你不相信我的小灰细胞？啊，别装糊涂！我们来讨论这个小问题吧——虽然了解得还不全面，不过我承认已经能看出一两个有意思的地方了。"

"那个湖！"我郑重其事地说。

"不止那个湖，还有船屋！"

我斜眼看了看波洛，他相当神秘地笑着。这时候，我感到再问他问题已经没什么用了。

直到第二天晚上才有贾普的消息，他是大约九点钟过来的。我一看他的表情就知道他要宣布什么新情况了。

"好的，我的朋友，"波洛说，"一切进展如何？别告诉我你们在湖里发现了达文海姆先生的尸体，我可不会相信你。"

"我们没找到尸体，不过发现了他的衣服，和他那天穿的衣服完全相同。你怎么看？"

"家里有没有少了其他衣服？"

"没有，男仆非常确信这一点。衣橱里面其他衣服都原封未动。另外一方面，我们逮捕了洛温。有个关卧室窗户的女佣说她在六点十五分看见洛温穿过玫瑰园朝书房走去。那是在他离开的十分钟之前。"

"他自己对此是怎么说的？"

"他先是矢口否认，说是从没离开过书房。但是女仆一口咬定，后来他就假装说忘了，只是走到窗户外面看看一些珍稀的玫瑰品种。编得真是站不住脚！又有新证据显示对他不利。达文海姆先生右手小指上总戴着一枚大号金戒指，上面嵌着颗宝石。嗯，星期六晚上，一个叫比利·凯利特的人在伦敦把这枚戒指当掉了！警察对他有所了解——去年秋天他因为偷一位老人的手表入狱三个月。他好像去了至少五个不同的地方才把戒指当掉，拿到钱之后就喝得酩酊大醉，打了一个警察，然后被关押起来了。我和米勒去博街①见他。他现在完全清醒了，我在这儿也不怕说出来，我们把他吓得要死，暗示他可能会因谋杀罪被起诉。以下是他所说的事，非常奇怪。

"他星期六去了恩菲尔德赛马场，不过我敢说他不是去赌，

---

① 博街：英国伦敦警察法庭所在的地区。

而是去干小偷小摸的勾当。总之，他那天不顺，运气很差。他顺着路一直走到切恩塞德，在进村子前坐在一条沟渠旁歇了歇脚。休息了一会儿，他注意到有个男人沿着这条路走进村子，'深色皮肤的男子，留着大胡子，是那种城里的有钱人'，他对那个人是这么描述的。

"凯利特躲到路旁一堆石头后面。就在这个人快要走到凯利特身边时，突然在路边停住脚步，快速向四周张望，凯利特清楚地看到他从兜里掏出一个小东西，扔向篱笆的另一头。然后继续朝车站走去。扔到篱笆那边的东西掉落时发出了轻微的'当'一声，这激起了躲在沟里那位的好奇心。他东找西找之后，找到的竟是枚戒指！凯利特是这么说的。可是洛温完全否认这一点，当然像凯利特这种人说的话是一点都靠不住的。我们可以推断，他有可能在湖附近遇见了达文海姆，继而抢劫并谋害了他。"

波洛摇了摇头。

"基本不可能，我的朋友。他没办法处理尸体。如果真是那样，现在早就发现尸体了。其次，他通过杀人拿到戒指，不太可能光明正大地去典当。第三，小毛贼很少会去杀人。第四，他星期六就被关进监狱了，他对洛温能描述得那么准确也太巧合了吧。"

贾普点头。"我不能说你的看法不对。但你还是不要指望陪审团会听信一个囚犯的证言。在我看来奇怪的是，洛温居然没想出一种更聪明的方法来处理那枚戒指。"

波洛耸了耸肩膀。"这个，毕竟如果在附近找到了戒指，就可以认为是达文海姆自己弄丢的。"

"可是到底为什么要从尸体上取下来呢？"我大声问道。

"或许有那样做的原因吧，"贾普说，"你知不知道正好在湖的对面,有一扇通往外面到山冈的小门,向前走不到三分钟的地方——你猜怎么着——有个石灰窑。"

"天哪!"我叫道,"你是说石灰能毁尸灭迹,却对金属做的戒指无能为力吗?"

"正是。"

"在我看来,"我说,"一切已经真相大白了。多么可怕的一起犯罪啊!"

我们俩达成一致意见后转头看向波洛。他仿佛陷入了沉思,皱着眉头,好像在努力思索着什么。最终我发现他在和自己敏锐的头脑较劲。他开口第一句话会说什么?我们用不了多久就能消除疑虑了。他叹了口气,紧张的表情舒缓了下来,朝贾普问道:

"我的朋友,你知不知道达文海姆夫妇是否在同一间卧室睡觉?"

这个问题显得有点荒谬可笑和不合时宜,我们两个面面相觑。贾普突然大笑起来。"哎呀,波洛先生,我以为你会说出什么令人吃惊的话呢。对于你的问题,我肯定是不知道了。"

"你能查出来吗?"波洛仍然好奇地问道。

"哦,当然——假如你真想知道的话。"

"谢谢,我的朋友。如果你能特别重视这一点的话我会感激不尽的。"

贾普又盯着他看了一会儿,不过波洛似乎忘了我们俩在跟前。探长遗憾地冲我摇了摇头,小声发着牢骚:"可怜的老朋友啊!战争对他的影响太大了!"然后轻轻地离开了房间。

因为波洛似乎沉浸在白日梦里,所以我就拿出一张纸,在上面涂鸦来自己解闷。我朋友的说话声提醒了我。他从沉思中走了出来,看上去活力四射。

"我的朋友,你在那儿做什么呢?"

"我想把这个案子里令人在意的点都写下来。"

"你变得有条理了啊——终于!"波洛赞许地说。

我掩饰住欢喜。"我念给你听怎么样?"

"一定要念念。"

我清了清嗓子。

"一、所有证据指向洛温就是撬开保险柜的那个人。

"二、他与达文海姆有过节。

"三、他第一次陈述时说谎,说自己从没离开过书房。

"四、如果比利·凯利特说的事是真的,那么洛温毫无疑问牵扯其中。"

我念完了。"怎么样?"我问道,因为我感觉自己抓住了全部要点。

波洛遗憾地看着我,轻轻地摇头。"我可怜的朋友啊!你真是没有天赋!你总是对重要细节视而不见!还有,你的推论是错的。"

"怎么讲?"

"我来说说你这四条。"

"第一,洛温先生不可能知道自己有机会打开保险柜。他是来做商务会谈的。他事先无法知道达文海姆先生出去寄信,从而独自一人待在书房!"

"他可以抓住当时的机会。"我辩驳道。

"那用的什么工具呢?有教养的城里人怎么可能随身带着强盗用的工具!而且没人能用铅笔刀撬开保险柜,这一点毫无疑问!"

"好吧,第二条呢?"

"你说洛温与达文海姆先生有过节。你的意思是他有一两次占了便宜吧。大概那些交易都是为了自己的利益。通常来讲,无论如何你不会对你的手下败将怀恨在心吧——反过来倒是有可能。就算存在什么怨恨,也是达文海姆先生那边才会产生。"

"哦,他撒谎说自己从没离开书房,你总不能否认这一点吧?"

"没错。不过他也许是因为吓坏了。别忘了,失踪的那个人的衣服刚刚在湖里被发现。当然了,根据惯例,说实话对他会更有利。"

"那第四条呢?"

"我同意你说的。如果凯利特所说是真的,不可否认洛温有重大嫌疑。这是这个案子最有趣的地方。"

"这么说我确实观察到了一个重要的事实?"

"或许是吧——不过你忽略了两个最重要的细节,这两点无疑是贯穿整个案件的线索。"

"那告诉我吧,是哪两个?"

"其一,达文海姆先生近几年来购买珠宝的热情在逐步高涨。其二,他去年秋天去了布宜诺斯艾利斯旅行。"

"波洛,你在开玩笑吗?"

"我是认真的。啊,我的天,但愿贾普不要忘了我那个小小的委托。"

探长本着幽默的精神行事,牢牢记着这事,第二天大概十一点钟发了一封电报给波洛。在他的允许之下,我打开电报读了起来:

夫妇二人从去年冬天就分居两室了。

"啊!"波洛喊了一声,"而我们现在是六月中旬!一切都解决了!"

我看着他。

"你在达文海姆和萨蒙银行有没有存款,我的朋友?"

"没有,"我不解地问,"怎么这么问?"

"因为我要建议你取出来——趁现在还不晚。"

"为什么,你觉得会发生什么?"

"我预计几天之内会发生重大破产——或许更早。差点忘了,我们要给贾普回个急电表示感谢。麻烦你给我一支铅笔和一张表格。瞧!'建议你把一切存款从上述银行里取出。'这么写会引起他的兴趣,这个好贾普!他会目瞪口呆的——眼睛睁得老大!他基本理解不了——直到明天!或者后天!"

我仍旧怀疑,不过第二天我就不得不为我朋友高瞻远瞩的能力唱赞歌。每家报纸都用醒目的头条报道了达文海姆银行破产的轰动消息。著名银行家的失踪从另一个角度揭示了银行的财务状况。

我们早餐正吃到一半,贾普推开门冲了进来。他左手攥着张报纸,右手拿出波洛的电报,在我朋友面前把电报往桌子上一拍。

"你是怎么知道的,波洛先生?你怎么会知道这些突发情况呢?"

波洛朝他淡然一笑。"啊,我的朋友,收到你的电报之后,我就确定了!你看,从一开始,保险柜失窃就多少让我有些在意。珠宝、现金和无记名债券——这些安排对谁有利?呵呵,达文海姆先生是那种你们俗话说的'自私自利'的人!基本上可以确定这是为他自己做的准备!然后就是近几年他购买珠宝的热情！多么简单啊！他将挪用的资金转手买了珠宝，很可能用人造宝石取而代之，再用另一个名字把真正的珠宝转移到安全的地方，在时机到来之时，所有人都迷惑不解，而他却在享用大笔的财富。他全都安排妥当之后，就约洛温先生见面（过去他曾不慎和这位大人物打过一两次交道），在保险柜上钻了个洞，留下指示把客人让进书房，接着走出家门——去哪了？"波洛说到这里，停了下来，伸手又拿了个煮鸡蛋。他皱着眉。"真是让人没法忍受，"他讷讷地说，"怎么每只母鸡下的蛋大小都不一样啊！早餐餐桌上哪还有整齐可言？至少商店应该一打一打地给排好大小！"

"不要管什么鸡蛋了，"贾普不耐烦地说，"如果他们愿意，下方形的蛋也无所谓。快告诉我们这家伙离开雪松别墅后去了哪里——当然了，如果你知道的话！"

"好吧，去了他的藏身之地。啊，这个达文海姆先生，他的灰质细胞有些可能是变了形，不过质量堪称上等！"

"你知道他藏在哪儿了吗？"

"当然！那地方真是颇为精妙。"

"看在上帝的分上，就告诉我们吧！"

波洛轻轻从自己的盘子里归拢好蛋壳的每一个碎片，把它们倒在蛋杯里，然后把空蛋壳倒过来放在上面。他做完这个细微的动作，对着整洁的桌面加以赞许，而后亲切地看着我们两个，满脸堆笑。

"想想，我的朋友们，你们是聪明人。问问自己你们问我的这个问题。'假如我是那个人，我会躲在哪里？'黑斯廷斯，你怎么想的？"

"嗯，"我说，"我比较倾向于认为根本没有藏起来。我就待在伦敦——在城市里,坐地铁和公交出行;十有八九根本没人认出我来。'大隐隐于市'才安全。"

波洛转头又问贾普。

"我不同意。马上逃走——这是唯一的出路。事先有大把的时间做准备。我会叫一艘游艇开着马达等我,在抓捕开始之前就跑到天涯海角了!"

我们俩都瞧着波洛。"先生,你是怎么看的呢?"

他保持了片刻沉默。而后脸上掠过一丝很诡异的笑容。

"我的朋友们,假如我想要躲避警察,你们知道我要藏在哪吗?在监狱里!"

"什么?"

"你在找达文海姆先生是为了把他送进监狱,因此做梦也没想过要看看他是否可能已经在里面了!"

"你这话是什么意思?"

"你跟我说达文海姆夫人是个不太聪明的女人。尽管如此,我想假如你带她到博街去见见那个叫比利·凯利特的人,她会认出他来的!虽然实际上他剃光了胡子和浓密的眉毛,还剪短了头发。就算世界上其他人能将一个女人蒙蔽,她也几乎总是能认出她的丈夫来。"

"比利·凯利特?可是警察知道他这个人啊!"

"我不是跟你说过达文海姆是个聪明人吗?他很久以前就开始准备不在场证明了。他去年秋天不在布宜诺斯艾利斯——他是在创造比利·凯利特这个角色,'关押了三个月',因此事发时警察根本不会怀疑到他。记着,他是在赌一大笔财富,也是在赌自由。如果这件事做得彻底还是值得的。只是——"

"什么?"

"好吧,从那以后他不得不戴着假胡子和假发,不得不化装成和自己以前一样,而戴着假胡子睡觉不方便——容易引起怀疑!他不能冒险继续与妻子共处一室。你帮我查出来他在过去六个月,从他想象中的布宜诺斯艾利斯回来到现在,都是和达文海姆夫人分居两室的。这样我就确定了!一切都对上了。园丁说好像看见主人从房子的一侧绕过去,说得极为正确。他主人是去了船屋,穿上他'流浪汉'的衣服,这肯定是完全瞒着男仆藏起来的,把其他衣服扔进湖里,明目张胆地当掉戒指来继续实施他的计划,后来袭击了警察,这样安全地把博街当作避难所,大家怎么也想不到去那里找他!"

"这不可能。"贾普低声说。

"去问问夫人吧。"我的朋友笑着说。

第二天有一封挂号信放在了波洛的餐盘旁边。他打开信,一张五英镑的纸币飘落下来。我的朋友眉头紧锁。

"啊,可恶!不过我该怎么办呢?我太同情他了!这不是欺负贾普吗?啊,有主意了!我们来一顿简单的晚餐吧,我们三个!这样我也能感到慰藉。真是太简单不过了。我真惭愧。我这不是在抢劫一个孩子嘛——真该死!我的朋友,你怎么回事,怎么笑得前仰后合的?"

意大利贵族历险记 ———

我和波洛有许多可以不拘礼节的熟人和朋友，霍克医生要算其中的一个，他是我们的一位近邻，医疗行业的一员。这位和蔼的医生有时习惯晚上来找波洛闲聊，他深深仰慕波洛的才华。医生本人非常直率，丝毫没有猜疑之心，对自己觉得遥不可及的才能佩服得五体投地。

六月上旬的一个傍晚，他到我们这里来的时候差不多八点半，和我们就近期的犯罪事件里有越来越多的人用砷做毒药这个话题畅所欲言。大约过了十五分钟，我们起居室的门被推开了，一个心慌意乱的女人猛地冲进我们屋内。

"哦，医生，正找您呢！多么可怕的声音啊。把我吓了一跳，真的。"

我认出了这个来访者是霍克医生的女管家，赖德小姐。医生是个单身汉，住在几条街以外一所阴暗老旧的房子里。平时温文尔雅的赖德小姐眼下却激动得语无伦次。

"什么可怕的声音？谁的声音，出了什么事？"

"是电话里的，医生。我接起电话——有个声音在说话，'救命！'那人说，'医生——救命。他们要杀我！'然后声音就越来越小了。'谁在说话？'我问。'谁在说话？'接着有人很低声地回答说，似乎是'福斯卡汀'——差不多是这个——'摄政广场'。"

医生发出一声惊叹。

"福斯卡里尼伯爵。他在摄政广场有间公寓。我必须马上过去。会发生什么事呢？"

"是你的病人吗?"波洛问道。

"我几周前给他看过一点小病。他是个意大利人,不过英语说得棒极了。嗯,我得祝您晚安了,波洛先生,除非——"他犹豫不定。

"我知道你脑子里在想什么,"波洛笑着说,"我很乐意陪你去。黑斯廷斯,下去叫一辆出租车吧。"

你越是赶时间,就越是叫不到出租车,还好终于拦下来一辆,我们马上沿着摄政公园的方向疾速行驶。摄政广场有一组新建好的公寓楼,正好位于圣约翰伍德路。这些公寓最近才建成,包含最先进的服务设施。

大厅里空无一人。医生急匆匆按下电梯铃,当电梯下来时,他马上质问穿制服的服务员。

"十一号公寓,福斯卡里尼伯爵。据我了解,那里出事了。"

那个人盯着他看。

"我倒是没听说。格雷夫斯先生——他是福斯卡里尼伯爵的仆人——大概半小时前出去了,什么都没说。"

"伯爵一个人留在公寓里?"

"不是,先生,他在和两位先生共进晚餐。"

"他们是什么样的人?"我着急地问道。

此时我们在电梯里,快速上升到十一号公寓所在的三层。

"我没有亲眼看到他们,先生,但我觉得他们是外国人。"

他关上铁门,我们出来到了这一层。十一号在我们对面。医生按响门铃。没人应答,我们也听不见里面有任何声音。医生又连按了几次,我们能听见里面铃声在振,可是不像是有人会来给我们开门的样子。

"看来问题严重了。"医生嘀咕说。他转身朝向电梯服务员。

"有这扇门的备用钥匙吗？"

"在楼下服务处有一把。"

"那快拿来吧，还有，听着，我认为你最好报警。"

波洛点点头表示同意。

那人很快回来了，经理跟他一起来的。

"先生，您能告诉我这是怎么回事吗？"

"当然。我接到福斯卡里尼伯爵的电话，说他被人袭击快要死了。你要知道我们必须争分夺秒——但愿还为时不晚。"

经理二话没说就拿出钥匙开门，我们全都走进了公寓。

我们首先穿过一间小的方形休息厅。右边的一扇门半敞着。经理点头向我们示意。

"那是餐厅。"

霍克医生领路，我们紧随其后。刚进房间我就倒吸一口冷气。中间的圆桌上还摆着吃剩的饭菜；三把椅子被推开，好像坐在上面的人刚起身离去。在房间一角，壁炉右侧是一张大写字台，有个男人坐在旁边——或者说曾经是个人。他的右手仍抓着电话底座，但人已经倒向前面了，脑后受到了重击。凶器很容易就找到了。一个大理石雕像被人慌乱之中放在那里，底部还沾着血。

医生用了不到一分钟就查验完毕。"彻底没救了，几乎是一击致命。我很奇怪他居然还能打电话。最好不要动他，等着警察来吧。"

在经理的建议下，我们搜查了公寓，不过结果在意料之中。凶手不可能藏在屋里，他只要一走了之就行了。

我们回到餐厅。波洛并没有和我们一起行动。我发现他专注地研究起了中间那张桌子。我也凑了过来。这是一张有光泽的红木圆桌,玫瑰花瓶放在中间作为装饰,白色的蕾丝餐垫放在光亮的桌面上。桌上有一盘水果,但是三盘甜点都没动过。三只咖啡杯,里面还有咖啡没喝完——两杯黑咖啡,一杯加奶咖啡。三个人都喝了酒,半满的酒壶放在中间那个盘子前面。其中一个人抽过雪茄,另外两人抽的是香烟。一个装雪茄和香烟的龟甲银盒开着盖放在桌上。

我心里细数所有这些情况,可是我不得不承认并没有发现什么有价值的线索。我想知道波洛从中看出了什么,使他如此专注。于是我问他在干什么。

"我的朋友,"他回答说,"你没有掌握要领。我在找那些我没看到的东西。"

"那是什么?"

"一个失误——哪怕是一个小失误——对凶手而言。"

他快步走到旁边相邻的小厨房,朝里边看了看,然后摇摇头。

"先生,"他对经理说,"麻烦跟我说一下你们这边订餐的服务系统吧。"

经理走到墙上的一个小窗口前面。

"这是用于服务的升降机,"他解释说,"它通到楼顶的厨房。你用电话预订,饭菜就通过升降机传送下来了,一次送一道菜。用过的餐具再以相同的方式送上去。不用操心饮食起居,您懂得,同时也能避免在餐厅吃饭总会惹人注意的麻烦。"

波洛点头。

"这么说今晚用过的餐具是在上面的厨房里吧。我能去那儿看看吗?"

"哦,当然可以,如果您愿意的话!管电梯的罗伯茨,会带您上去给您介绍；但是恐怕您找不到任何有用的东西。他们经手的碗碟有成百上千个，所有的都混在一起。"

然而波洛仍坚持自己的想法，我们一起到了厨房，问了接受十一号公寓预订的人。

"订的都是菜单上的，三份，"他解释说，"有菜丝清汤、诺曼底鲽鱼片、牛排和一份米饭蛋奶酥。您说什么时候？我想是八点钟左右。不好，恐怕现在餐具都洗干净了。真不走运。我猜您是要提取指纹吧？"

"不完全是，"波洛带着难懂的微笑说道，"我对福斯卡里尼伯爵的食欲更感兴趣。他是每样菜都吃了吗？"

"是的，不过我说不上来每样吃了多少。盘子满是油渍，菜盘都吃光了——也就是说，除了米饭蛋奶酥之外。米饭蛋奶酥剩下不少。"

"啊！"波洛的反应像是很满意这个结果。

我们一回到下面的公寓来，波洛就低声说：

"无疑，这是一个做事很有条理的人。"

"你是说凶手还是福斯卡里尼伯爵？"

"后者肯定是位讲究条理的先生。在请求救援并且宣称自己要死了之后，他还仔细地挂断了电话。"

我睁大眼睛看着波洛。他这句话和刚才的问话让我灵光一闪。

"你怀疑是中毒？"我屏住呼吸，"头部的一击是假象。"

波洛只是微微一笑。

我们又走进公寓里，发现当地的督察在两名警员的陪同下赶到了。他对于我们的出现不太满意，不过波洛一提我们在苏格兰场的朋友贾普督察，他就平和多了，勉强允许我们留下。我们可以说是很幸运,因为回到屋里不到五分钟,就有一个激动的中年男子闯进房间,脸上满是悲痛和焦虑。

来的人是格雷夫斯,已故福斯卡里尼伯爵的男管家。他给我们讲述的情况非同一般。

头天上午有两位先生来访,要见他的主人。他们是意大利人,年龄稍大一些的自称阿斯卡尼奥,大约四十岁。年轻的是个穿着入时的小伙子,二十四岁左右。

福斯卡里尼伯爵显然对他们的来访有所准备,马上吩咐格雷夫斯去做一些琐碎的事情。说到这里,管家有点犹豫,稍作停顿。后来他承认由于对他们谈话的意图很好奇,所以并没有马上去办事,而是在门口驻足,尽力去听里面在谈什么事。

他们交谈的声音很小,管家听得并没有想象中那样清楚;不过他还是弄清了一些情况,讨论的是有关金钱的话题,气氛有些紧张,有些威胁的意味在里面。谈话一点都不友好。最后,福斯卡里尼伯爵稍微提高了嗓音,偷听的人清楚地听见了这样的话:

"我没有时间再跟你们理论了,先生们。如果你们明晚八点钟来和我吃饭,我们就继续谈谈。"

因为害怕偷听被发现,格雷夫斯就赶忙跑出去做主人吩咐的差事了。今晚八点,两个人如约而至。晚餐上他们谈论的都是些无关紧要的话题——政治、天气和戏剧界的事。格雷夫斯把酒菜摆上桌并且端来咖啡之后,他的主人就告诉他晚上可以离开了。

"他以往会客时也这样吗?"督察问道。

"不,先生,不这样。所以我才想到他肯定是有些不同寻常的事要跟那些先生商讨。"

格雷夫斯要说的就是这些。他出去时是八点三十分，遇见了一个朋友，一起去了埃奇韦尔路的大都会音乐厅。

没人看见来访的两人是何时离开的，不过谋杀的时间可以确定在八点四十七分。写字台上有个小闹钟被福斯卡里尼的胳膊碰掉了，停在了那一时刻，这也与赖德小姐接到求救电话的时间一致。

法医为了便于检查尸体，把它转移到沙发上了。我这才第一次看到他的脸——橄榄色的皮肤、长长的鼻子、浓密的黑胡须，他张着肥厚的红嘴唇，露出晃眼的白牙。怎么看都不是一张和善的脸。

"嗯，"督察边说边把笔记本放好，"这个案子足够明朗了。唯一的困难是要找到阿斯卡尼奥先生。我想他的地址不会碰巧在死者的记事本里吧？"

正如波洛所说，死去的福斯卡里尼是个有条理的人。笔记本上一板一眼地写着几个整齐的小字："保罗·阿斯卡尼奥先生，格罗夫纳酒店。"

督察连忙去打电话，打完露出笑容朝我们走来。

"时间刚刚好。那个打扮入时的人正要坐上开往港口的火车去欧洲大陆。好了，先生们，我们能做的就到此为止了。这事真够糟的，不过比较简单。说不定是那些意大利人之间世族仇杀之类的事。"

案件就这么轻松解决了，我们朝楼下走去。霍克医生激动万分。

"就像小说的开头一样，是吧？真是让人激动。假如没亲身经历过简直不敢相信。"

波洛没说话。他在思考。整个晚上他都没怎么开口说话。

"这位大侦探怎么看，嗯？"霍克轻拍着他的后背问道，"这次您的灰质细胞没有派上用场。"

"你认为用不上？"

"哪能用到呢？"

"嗯，比如那扇窗户。"

"窗户？可它关紧了啊。没人能从窗户进出。我特别注意这一点了。"

"你为什么能注意到它呢？"

医生一脸茫然。波洛急忙解释。

"我指的是窗帘，它没有拉上。这有点奇怪。还有咖啡，那是很浓的黑咖啡。"

"哦，那说明什么？"

"非常浓，"波洛重复一遍，"而米饭蛋奶酥几乎没有动，在一起联想会得出来什么结论？"

"什么都没有，"医生笑着说，"您在开玩笑吧。"

"我一点都没开玩笑。黑斯廷斯知道我是极其严肃地在说。"

"我也不明白你指的是什么，"我不得不承认，"你该不是在怀疑他的男仆吧？他和那伙人是一丘之貉，往咖啡里下了药。我猜他们会为他提供不在场证明？"

"毫无疑问，我的朋友。不过相比之下我对阿斯卡尼奥先生的不在场证明更感兴趣。"

"你认为他有不在场证明？"

"我只是担心这一点。不用问，我们很快就能知道了。"

我们通过《每日新闻导报》了解到了事情后续的进展。

阿斯卡尼奥先生被逮捕并被指控为杀害福斯卡里尼伯爵的凶手。他被逮捕的时候否认与伯爵相识，并且声称不管是案发当晚还是之前的上午,他都没有到过摄政广场附近。那个年轻人彻底失踪了。在案发前两天,阿斯卡尼奥先生一个人从欧洲大陆过来,住进格罗夫纳酒店。警方尽全力寻找另一个人,却都失败了。

然而,阿斯卡尼奥没有受到法庭的审判。有位不亚于意大利大使身份的重要人物主动来向治安法庭做证,说阿斯卡尼奥那天晚上八点到九点在使馆里,一直和他在一起。嫌疑人因此被无罪释放。当然,许多人以为案件跟政治有关,政府是在有意遮遮掩掩。

波洛对这些事表现出了强烈的兴趣。尽管如此,有天早晨当他突然跟我说十一点钟要见一个人时,我多多少少还是有点惊讶。来访者不是别人,正是阿斯卡尼奥本人。

"他是要向你请教吗?"

"不是,黑斯廷斯。是我要向他请教。"

"请教什么?"

"关于摄政广场谋杀案。"

"你要证明是他干的吗?"

"一个人不能因谋杀被审讯两次,黑斯廷斯。努力掌握点常识吧。啊,我们的朋友在按铃了。"

过了几分钟,阿斯卡尼奥先生被领了进来。他是一个长得瘦小枯干的男人,眼神神神秘秘、鬼鬼祟祟的。他站着不动,用怀疑的目光审视着我们两个。

"波洛先生是哪位?"

我的小个子朋友轻轻在自己胸前拍了一下。

"坐吧,先生。你收到我的信了吧。我决定对这个案子追查到底。在一些小的细节上你能帮到我。我们开始吧。你和一位朋友一起,于九号星期二上午去拜访了那位已故的福斯卡里尼伯爵……"

这位意大利人表现出生气的样子。

"我根本没做那样的事。我在法庭上发过誓……"

"是的——不过我感觉你发的誓有点假。"

"你威胁我?呸!我可没必要怕你。我被无罪释放了。"

"确实是。我不是愚笨的人,也不是要威胁把你送上绞刑架——可我会公开化。公之于众!我知道你不爱听这话。我想你不愿意吧。你要知道,我的小念头对我来说非常有价值。好了,先生,你唯一的机会就是开诚布公地说出来。我不想问你是奉谁的指示来英国的。你来见福斯卡里尼伯爵有特殊的目的,我知道这一点就足够了。"

"他不是伯爵。"意大利人咆哮着说。

"我已经注意到了,他的名字不在《欧洲王族家谱年鉴》里面。没关系,伯爵这个头衔在敲诈勒索时会有用。"

"我想我还是坦率点为好。你似乎知道不少。"

"我能很好地利用我的灰质细胞。好了,阿斯卡尼奥先生,你星期二上午约见了死者——这件事属实,对吧?"

"是的,但是我第二天晚上根本没到那里去。没那个必要。我愿意把一切都告诉你。这个无赖掌握着意大利一位重要人物的某些信息。他要求用一大笔钱来换回文件。我来英国是为了办妥这件事。那天上午我如约而至。使馆一位年轻的秘书陪同我一起。那个伯爵比我想象中要更讲理,尽管我付给他的钱数额巨大。"

"抱歉问一下,钱是怎么付的?"

"是用比较小额的意大利纸币付的。我当场就付钱了。他把涉事文件给了我。我就再也没见过他了。"

"为什么你被逮捕时没有说出这一切呢？"

"我的工作特殊，不得不否认和那个人有任何关联。"

"对于那天晚上发生的事，你是怎么看的呢？"

"我只能认为一定是有人故意假扮成我的样子。我听说警察没找到那些钱。"

波洛看看他，摇了摇头。

"奇怪，"他小声说，"我们都有小小的灰质细胞，却极少有人知道怎么去用。希望你上午过得愉快，阿斯卡尼奥先生。我相信你说的话，和我想象的非常吻合，我只是需要和你确认一下。"

波洛鞠躬送客人出去之后，坐回到扶手椅，朝着我微笑。

"让我们听一听黑斯廷斯上尉先生对这个案子的见解吧。"

"嗯，我猜阿斯卡尼奥说得对——有人冒充他。"

"向来都是，你向来都不好好动一动上帝给你的大脑。你自己回想一下那天晚上我离开公寓时说的话。我提到窗户——窗帘没拉好。现在是六月，八点钟时天还亮着，直到八点半天色才会变黑。这让你想到了什么？我有种感觉，你总有一天会想明白的。现在让我们继续说案子。如我所说，咖啡非常非常浓。福斯卡里尼伯爵的牙出奇地白。咖啡会沾在牙上。我们据此推论，福斯卡里尼伯爵一口咖啡也没喝。可是三个杯子里全都有咖啡。福斯卡里尼伯爵没喝咖啡，为什么有人要造成他喝了咖啡的假象呢？"

我摇摇头，完全摸不着头脑。

"来，我帮你分析。我们有什么证据证明有两个人冒充阿斯卡尼奥和他朋友那天晚上去过公寓？没有人看见他们进去；也没有人看见他们出去。我们只有一个人和一堆静止不动东西作为证据。"

"你的意思是？"

"我是说刀子、叉子、碟子还有吃光的菜盘子。啊，不过这个主意真狡猾！格雷夫斯是个偷鸡摸狗的恶棍，可他真是个讲条理讲方法的人！他上午无意中听到了一部分谈话内容，足以听明白阿斯卡尼奥处在一个需要保护的尴尬境地。第二天晚上八点钟左右，他跟主人说有人打电话找他。福斯卡里尼坐下，伸手去接电话，格雷夫斯用大理石雕像从后面将他打倒。然后迅速拨打服务电话——叫了三人份的晚餐！饭菜送来后，他摆在桌上，把盘子和刀叉等等弄脏。但他还必须把食物处理掉。他不仅是个有头脑的人，胃口也大得惊人！他吃了三份牛排之后，米饭蛋奶酥实在是吃不下去了！为了制造假象，他甚至抽了一支雪茄和两支香烟。啊，布置得十分周密！然后，他把闹钟拨到八点四十七分，摔碎它，让指针不再转动。他有一件事没做，就是拉上窗帘。假如真有晚宴的话，夜幕降临的时候会马上把窗帘拉上。接着他就赶忙逃走了，顺便跟电梯服务员提到有客人。他赶往一个电话亭，尽可能在接近八点四十七分时模仿主人临死时的叫喊声给医生打电话。他的想法多么成功，以至于没人曾对那通电话是否是从十一号公寓里打来的产生过怀疑。"

"这大概不包括赫尔克里·波洛吧？"我挖苦他说。

"甚至连赫尔克里·波洛也没察觉，"我的朋友微笑着说，"我是这会儿才想起来要怀疑。我必须先把我的观点证明给你看。不过你将看到，我是对的；而且贾普，我已经给了他一个提示，足够逮捕到那个让人佩服的格雷夫斯。我想知道他挥霍了多少钱。"

波洛说得对。他总是对的，讨厌的家伙！

遗嘱失踪案

1

维奥莱特·马什小姐遇到的问题给我们日常的工作带来了一些令人欣慰的变化。波洛收到了一张出自她手的便条,简明扼要,请求约见一次。波洛答应下来,并让她第二天十一点钟来找他。

她如期而至——是位身材高挑、年轻貌美的女子,衣着朴素而整洁,表情认真而笃定。显然这是一位想在社会上出人头地的年轻女人。我自己倒不是很仰慕所谓的"新女性",虽然她外表美丽,但我对她没什么特别的好感。

"我的事情有点不同寻常,波洛先生,"她坐到椅子上便开口说道,"我最好还是从头一五一十地讲给您听吧。"

"请讲,小姐。"

"我是个孤儿。父亲共兄弟二人,爷爷是德文郡一个小农场主。农场有些贫瘠,哥哥安德鲁移居到了澳大利亚,事实上他在那儿生活得很好,靠地产经营富甲一方。弟弟,也就是我父亲罗杰,他对农业生产不感兴趣,努力自学了一些知识,谋得了一个小公司职员的岗位。他的妻子,也就是我母亲,家境略微好于他,是个贫穷艺术家的女儿。父亲在我六岁时就去世了。我十四岁时,母亲也随他而去。我唯一在世的亲戚就是安德鲁伯父,最近他从澳大利亚回来,在他出生的地方买了一块地——瑰柏翠庄园。他对弟弟留下的孩子非常和善,让我和他住在一起,各方面待我如同亲生女儿。

"瑰柏翠庄园,名字虽好听,其实就是个旧农舍。我的伯父好像天生就懂农业似的，他对各种各样的现代化耕作实验表现出了浓厚的兴趣。伯父对我宽厚仁慈，可对于女性的教育方面还是有一些根深蒂固的特殊想法。他自己几乎没怎么受过教育，做事虽精明强干，却认为所谓'书本知识'一文不值。他尤其反对女性接受教育。在他的观念里，女孩就该去做日常家务活和农活，这样对家里才有帮助，书本知识了解得越少越好。他按照这些想法培养我，让我很失望，也很生气。我直接表示反对。我知道自己头脑还不错，但对家庭琐事实在是没有天赋。我和伯父就这个问题争吵过许多次，虽然我们相互照顾，但性格都十分固执。我很幸运地获得了奖学金，从某种程度上来说，在自己的道路上取得了成功。但当我决定去格顿①时危机爆发了。我自己只有一点点钱，是母亲留给我的，我决定充分利用好上帝给我的这份礼物，和伯父进行了最后一次长谈。他把事实清楚地摆在我面前。他没有其他亲属，打算让我成为唯一的继承人。就像我跟您说的，他是个非常富有的人。而如果我坚持自己'新鲜时髦的理念'，那么从他那里就什么也拿不到。我仍然很客气，但决心已定。我跟他说，我一直以来对他都有深深的感情，可我必须自己主导人生。我们在这一点上意见不合。'你迷恋你的大脑，姑娘，'他最后是这么说的，'我没读过书，尽管如此，随便哪天我都可以和你比试比试。我们看看结果会怎么样。'

"那是在九年前。我偶尔和他一起过周末，尽管他的观点尚未改变，我们的关系还是相当融洽。他没再跟我提上学的事，也没谈到我的理学学士。最近三年他的身体每况愈下，一个月前，他去世了。

---

① 著名的剑桥大学格顿学院所在地。

"我现在就直接说来拜访您的原因吧。我的伯父留下了一份特别的遗嘱。根据上面的条款，从他去世后的一年内，属于瑰柏翠庄园的一切都由我处置——'在此期间，我聪明的侄女可以证明她的智慧'，原话是这么说的。在那个时间段结束时，'如果证明我比她更聪明'，房子和我伯父所有的财产就要捐献给各个慈善机构。"

"这对你来说有点刻薄了，小姐，你是马什先生唯一有血缘关系的亲属啊。"

"我不是这么看的。安德鲁伯父曾明确警告过我，而我选择了自己的路。我没有顺从他的意愿，他愿意把钱留给谁那完全是他的自由。"

"遗嘱是由律师起草的吗？"

"不是，是在一份打印的遗嘱单上签的字——由住在我伯父家为他做事的一对夫妇做证。"

"这样一份遗嘱可能被推翻吧？"

"我根本没打算那么做。"

"那你把它当作你伯父对你的正式挑战了？"

"我就是这么以为的。"

"当然这也解释得通，"波洛思索道，"你伯父把一大笔现金或是另一份遗嘱藏在了这所杂乱老宅院的某个地方，并且给你一年的时间，让你运用智慧找出来。"

"就是这样，波洛先生，我要赞赏您，您的聪明才智肯定要胜于我。"

"呵呵！你这么说真可爱，我的灰色小细胞听你吩咐。你自己没找找吗？"

"只是大概找了找，不过伯父的能力毋庸置疑，我非常敬佩他这一点，想必这个任务不会简单。"

"你带着那份遗嘱或者复印件吗？"

马什小姐把一份文件递到桌子这边，波洛边看边点头。

"这是三年前立下的。日期是三月二十五，时间也有——上午十一点——非常耐人寻味。这就缩小了查找的范围。我们务必要找到另一份遗嘱，哪怕时间只晚了半小时，都会让这份无效。好了，小姐，你抛给了我一个有趣而特别的问题。我会尽全力帮你解决。尽管你伯父能力非凡，但他的灰色细胞可不如赫尔克里·波洛的质量好！"

真的，波洛的虚荣心也太露骨了！

"幸运的是，此时此刻我手上并没有什么要紧事。我和黑斯廷斯今晚会去瑰柏翠庄园。我猜照料你伯父的夫妇俩还在吧？"

"在，他们姓贝克。"

2

我们前一天晚上到达，第二天早上便开始了大搜索。贝克夫妇事先收到了马什小姐的电报，正期待着我们的到来。他们很和蔼，男的皮肤粗糙，脸色略粉，像个皱巴巴的苹果。他的妻子是个膀大腰圆的女人，有种德文郡人特有的沉着冷静。

从火车站又开了八英里，真是旅途劳顿，我们吃过晚餐——有烤鸡、苹果派和德文冰淇淋——之后就立刻累倒在床上起不来了。此刻，我们吃光了丰盛的早餐，坐在一间镶地板的房间里，这里曾经是已故的马什先生的书房兼起居室。一张拉盖书桌靠墙放着，上面堆满了文件，都整齐地贴着标签。一把皮质大扶手椅摆在那里，显然，主人经常坐在上面休息。对面靠墙放着一张包有印花棉布的大沙发，矮窗下面的椅子也包着同样流行款式的印花棉布，已经有些褪色。

"好了，我的朋友，"波洛点上了一小根香烟说道，"我们必须规划好再行动。我已经大致调查过这栋房子了。我有种感觉，线索都会藏在这间屋子里。我们要仔细检查书桌里的文件。当然了，我不指望一定能从里面找到遗嘱，不过可能会有些乍一看很普通的纸上包含着隐藏地点的线索。首先我们得要了解一点情况。请帮忙按下铃吧。"

我照做了。在等人回应的时候，波洛来来回回踱着步，赞许地打量着四周。

"这位马什先生真是个有条理的人。看看这些文件码放得多么整齐，每个抽屉的钥匙都贴着乳白色的标签——靠墙瓷器柜的钥匙也是一样；柜里的瓷器摆放整齐，不差分毫。真是令人赏心悦目啊。这里没什么能让眼睛感到不舒服的——"

他话音戛然而止，目光被书桌的钥匙吸引住了，上面粘着一个脏信封。波洛皱了皱眉，把钥匙从锁眼里拔出来。钥匙上潦草地写了几个字："拉盖书桌的钥匙。"字迹非常潦草，和其他钥匙上整齐的字体截然不同。

"截然不同的笔迹，"波洛皱着眉说，"我敢发誓，这绝不是马什先生的性格。可这所房子里还有什么人？只有马什小姐，而她，假如我没记错，也是个很讲方法和条理的年轻女人。"

贝克听到门铃走了进来。

"可以让你太太过来吗？回答几个问题就好。"

贝克下去了，稍后和贝克太太一起回来，她用手在围裙上擦了一把，脸上喜不自胜。

波洛用简短的几句话说明了来意。贝克夫妇马上表现出同情。

"我们不想看见维奥莱特小姐失去属于她的东西，"贝克太太开口说道，"要是都捐给医院对她也太残忍了。"

波洛继续提问。没错，贝克夫妇清楚地记得见过那份遗嘱。贝克先生之前还被派到邻近的镇上打印了两份遗嘱表格。

"两份？"波洛急忙问。

"是的，先生，我想是为了保险起见，假如他弄坏了一份——可以确定的是，他真就弄坏了一份。我们在一份遗嘱上签了字——"

"签字是在什么时候？"

贝克挠着头，他太太反应比他快。

"哎呀，确切地说是十一点，我正好把牛奶倒进热可可里的时候。你不记得吗？当我们回到厨房时，可可都溢到了火炉里面。"

"后来呢？"

"那是大概一个小时之后了。我们又被叫进去。'我犯了个错误，'老主人说，'不得不把整个遗嘱撕掉重写一份。麻烦你们重新签一次吧。'我们就签了。后来主人给了我俩每人一大笔钱。'我在遗嘱里什么都没给你们留下，'他说，'不过我活着的每一年都会给你们这些钱作为储蓄金，到我去世为止。'他真是这么做的。"

波洛在思考。

"第二次签字之后，马什先生做了什么？你们知道吗？"

"去村子里和商人们结账。"

这个回答似乎没什么用。波洛采取了另一种策略。他拿出了书桌的钥匙。

"这是你主人的笔迹吗？"

我本可以猜得到，但没想到贝克犹豫片刻才回答说："是的，先生，是我主人写的。"

"他在撒谎，"我想，"可为什么要撒谎？"

"你的主人出租过这所房子吗？最近三年里有什么陌生人住进来过吗？"

"没有，先生。"

"也没有人做客？"

"只有维奥莱特小姐。"

"没有任何陌生人进过这个房间吗？"

"没有，先生。"

"你把工人们忘了，吉姆。"他太太提醒道。

"工人？"波洛朝她转过身，"什么工人？"

女人解释道，大约两年半以前，工人们到这所房子里来做专项维修。对于修的是什么她却记不清了。在她看来整件事就是主人一时兴起，没什么必要。工人们有一部分时间是待在书房里；不过他们在干什么她就说不上来了，因为干活时主人不让任何人走进房间。遗憾的是，他们不记得所雇用公司的名字了，只知道那家公司位于普利茅斯。

"我们有进展了，黑斯廷斯，"贝克夫妇一离开房间，波洛就摩拳擦掌地说，"显然他还有一份遗嘱，于是从普利茅斯叫来了工人，目的是制作一个适合藏东西的地方。与其把时间浪费在撬开地板、敲打墙壁上，我们还不如到普利茅斯去。"

稍微费了点周折，我们就得到了想要的信息。试着打听一两次就找到了马什先生雇用的公司。

那些员工都工作很多年了，我们很容易就找到了当年按照马什先生的意思干活的两个人。他们清晰地记得那次任务。除了各种各样其他琐碎的活儿,他们还从老式壁炉上撬下一块砖,在里面掏了个洞,切割过的砖根本看不出来拼接之处。只有压住底下的另一块砖,整个机关才会显露。那活儿很难干,老先生还喜欢吹毛求疵。告诉我们情况的是个叫科汉的男人,身材瘦高,留着灰白的胡子,看起来挺聪明。

我们兴高采烈地回到瑰柏翠庄园,锁上书房的门,接着把刚得到的情报付诸实践。从那些砖上根本看不出丝毫痕迹,但当按那人所说,压住其中一块时,马上就露出了一个深深的洞。

波洛赶忙伸手进去。突然他脸上的表情从得意扬扬变成惊愕不已。他抓到的都是些烧尽的碎纸片。除此之外洞里空无一物。

"该死!"波洛生气地吼道,"有人抢在我们前面了。"

我们在焦急中检查了碎纸片。无疑这就是要找的东西的碎片。上面还留着贝克先生的部分签名,可看不到任何有关遗嘱条款的内容。

波洛一屁股坐在地上。假如我们不是这么束手无策,他的表情会让人捧腹大笑。"我不明白,"他咆哮着,"谁把它毁了?他们的目的又是什么?"

"贝克夫妇?"我提议道。

"为什么?两份遗嘱都没有条款对他们有利,他们应该站在马什小姐这边,才更有可能留在这里。否则这个地方就会变成医院的财产。毁掉那份遗嘱会对什么人有好处呢?医院受益——是的;可是我们不该怀疑公共机构。"

"也许是那个老头儿改变了主意,自己把它毁掉的。"我猜测说。

波洛站直身子,像他平时那样小心地拍打着膝盖上的灰尘。

"有这种可能,"他对此表示认可,"黑斯廷斯,你这个想法稍微明智一点。好了,我们在这里也做不了什么。我们做了常人能做的一切。我们在与已故的安德鲁·马什的较量中技高一筹;可遗憾的是,他侄女并不会因为我们的成功而变富裕。"

我们马上起身乘车去火车站,虽赶不上特快列车,但还是能坐上去伦敦的火车。波洛有些沮丧和不甘。至于我呢,累得倒在角落里打起了瞌睡。就在我们刚离开汤顿①时,波洛突然大叫一声。

"快,黑斯廷斯!醒醒,跳下去!我说跳下去!"

我还没来得及搞清楚状况,就已经站在站台上了,没戴帽子,也没拿旅行箱,火车就这样消失在夜幕之中。我怒不可遏。波洛却毫不在意。

"我真蠢!"他大叫道,"十足的笨蛋啊!我再也不吹嘘我的小灰细胞了!"

"不管怎样这倒是好事,"我暴跳如雷地说,"可这究竟是怎么回事?"

和之前一样,波洛只顾按自己的想法行事,完全没注意到我在说话。

"商人的账本——我怎么把这么有价值的东西完全抛在了脑后?是的,可是它在哪儿?在哪儿?没关系,我不会再犯错误了。我们必须马上回去。"

说起来容易,做起来难。我们想办法坐慢车到埃克塞特,到达之后波洛雇了辆车,回到瑰柏翠庄园时已经是夜里两三点钟了。我们终于把贝克夫妇叫了起来,没有理会他们的迷惑不解。

---

①汤顿:位于英国西南部的一个小镇。

波洛没管任何人，径直朝书房走去。

"我不是个十足的笨蛋，而是个超级大笨蛋，我的朋友，"他自贬道，"就这，看吧！"

他直接走向了书桌，把钥匙拔下来，从上面取下信封。我愣愣地看着他。难道他奢望从这个脏信封里找到真正的遗嘱吗？他小心翼翼地剪开信封，展开放平。然后他点着火，将信封表面内侧的平整部分放在火上烤。不一会儿，模糊的字符便开始显现出来。

"看啊，我的朋友！"波洛得意扬扬地叫道。

我看见了。只是简单几行模糊的字迹，上面写的是他把一切遗产都留给他的侄女，维奥莱特·马什。时间是三月二十五日中午十二点半，并且见证人是糖果商阿尔伯特·派克和他的妻子杰西·派克。

"可这个有法律效力吗？"我都快透不过气了。

"据我所知，没有哪条法律不允许用隐形墨水来书写遗嘱。立遗嘱的人意图明显，受益人只能是在世的亲属。他可真聪明！他预料到了寻找这个的人——像我这么笨得不可救药的人——将有的每一步行动。他弄了两份遗嘱，让仆人签了两回字，然后带着写在脏信封里面的遗嘱和灌了隐形墨水的钢笔起身出门。他假借某种理由让糖果商夫妻俩在他自己的名字下面签名，于是他把遗嘱绑在书桌的钥匙上，然后暗暗窃喜。如果他侄女看穿了他的小伎俩，那么就证明了她对于人生的选择和孜孜以求的教育是正确的，也就完全值得继承他的财富。"

"她没看穿他设下的谜题，不是吗？"我慢悠悠地说，"好像相当不公平啊。这个老先生实际上是赢了。"

"并没有，黑斯廷斯。是你的脑筋转错了方向。马什小姐马上想到借我之手解决难题,这就证明了她的聪明才智和女性受到更高等教育的价值。遇事要找行家帮忙。这充分证明了她继承这笔遗产是合理的。"

我想知道——我非常想知道——老安德鲁·马什会怎么看!

Poirot Investigates
Copyright © 1924 Agatha Christie Limited. All rights reserved.
Letter for Chinese Reader, New Star Edition by Mathew Prichard © 2013 Mathew Prichard.
Translation © 2023 arranged by New Star Press, Agatha Christie Limited. All rights reserved.
www.agathachristie.com
The Poirot icon is a trademark, and AGATHA CHRISTIE, POIROT, *Agatha Christie*® and the AC Monogram Logo are registered trade marks of Agatha Christie Limited in the UK and elsewhere. All rights reserved.
Published by agreement with ACL.
Simplified Chinese edition copyright: 2023 New Star Press Co., Ltd.

图书在版编目（CIP）数据

首相绑架案 /（英）阿加莎·克里斯蒂著；王占一译 . — 北京：新星出版社 , 2023.6
（阿加莎·克里斯蒂侦探小说全集：精装典藏版）
ISBN 978-7-5133-4914-7

Ⅰ . ①首… Ⅱ . ①阿… ②王… Ⅲ . ①侦探小说 – 英国 – 现代 Ⅳ . ① I561.45

中国国家版本馆 CIP 数据核字 (2023) 第 054578 号